제리엠 게임판타지 장편소설
WISHBOOKS GAME FANTASY STORY

힐통령

태양의 사제

힐통령
태양의 사제 14

제리엠 게임판타지 장편소설

초판 1쇄 찍은 날 | 2019년 10월 23일
초판 1쇄 펴낸 날 | 2019년 10월 30일

지은이 | 제리엠
펴낸이 | 예경원

기획 | 위시북스
편집책임 | 이은송
편집 | 위시북스

펴낸곳 | 예원북스
등록번호 | 제396-2012-000132호
등록일자 | 2012. 7. 25
KFN | 제1-481호

주소 | 경기도 고양시 일산동구 호수로 646-24 위너스21II빌딩 206A호 (우)10401
전화 | 031-819-9431 팩스 | 031-817-9432
E-mail | yewonbooks@naver.com

ISBN 979-11-365-0423-4 04810
　　　979-11-89450-74-8 (set)

제리엠 게임판타지 장편소설
WISHBOOKS GAME FANTASY STORY

힐통령

14

태양의 사제

Wish
Books

CONTENTS

94장
칠흑의 해역

"재미있네."

피자를 먹으며 절대자의 던전 2회를 시청하던 정우가 흡족한 목소리로 중얼거렸다.

인터넷을 펼치자, 각종 게시판과 뉴스는 프로그램에 대한 칭찬 일색이었다.

[절대자의 던전, 역대급 시청률과 함께 종영. 시청자 평가, '박수 칠 때 떠났다.']

[NET미디어, 지난 일주일 대비 주가 18% 상승.]

[던전 예능의 새로운 지평을 열다. 던전에서 제대로 힐링을 찾은 절대자의 던전.]

[잔잔한 진행의 1화, 강렬한 전쟁의 2화. 팔색조 같은 언노운의 한계

는 과연 어디까지?]

"거, 사람 부끄럽게……."

기사들 중 태반은 자신의 얼굴이 절로 뜨거워지는 찬양 글들이었다.

간혹가다 조회수를 높이기 위해 비평의 탈을 쓰고 악플만한 무더기로 쓰는 쓰레기 기자. 일명 기레기들의 기사도 있었지만, 그런 저급한 기사는 수많은 시청자들과 언노운 공식 팬카페의 회원들에 의해 철퇴를 맞고 사라졌다.

"호오?"

계속해서 커뮤니티를 찾아보던 정우가 흥미롭다는 반응을 보였다. 절대자의 던전이 화려한 엔딩과 함께 끝나자, 실시간 인기 동영상으로 예전 영상 시리즈가 떠오르기 시작한 것이었다.

┗언노운 시리즈 차트 역주행 뭐냐?ㅋㅋ

┗아, 2위부터 언노운 시리즈가 순서대로 박혀 있는거 보니까 또 보고 싶네. 정주행 달리러 간다.

┗일해라 카이. 예능 같은 것 말고 예전처럼 신선한 레이드 영상 좀 더 올리자!

"나도 나름 바쁘다고."

어깨를 으쓱거린 정우는 마치 연어처럼 차트를 역주행하여, 2위부터 순위권 줄 세우기를 해버린 자신의 작품들을 흐뭇한 미소로 쳐다봤다.

"뭐, 그래도 1위를 뛰어넘는 건 무리겠지."

그도 그럴 것이, 현재 인기 동영상 1위의 주인공은 다름아닌 유하린이었으니까.

└여신님 미모 영접하고 갑시다.

"이걸 어떻게 이겨."

피식 웃음을 터뜨린 정우는 가볍게 게시글을 터치했다.

그러자 자동으로 재생되는 동영상 하나. 동영상은 절대자의 던전 2화의 엔딩 부분을 담고 있었다.

밝은 보름달이 떠오른 이타카 밀림의 밤. 짙은 여운을 느끼게하는 여성 보컬의 엔딩 곡과 함께 유하린이 천천히 투구를 벗었다. 환한 달빛은 그녀의 아름다운 미모를 가감없이 비춰주었고, 그 자체로 훌륭한 그림이 되었다.

└여신님보고 남자라고 한 놈들 나와서 대가리 박아.
└여신님보고 추녀라고 한 놈들도 대가리 같이 박아.
└유하린 팬클럽 가입하러 갑니다.

└진짜 저 미모가 말이 되냐고…… 아들이랑 같이 넋 놓고 보다가 나만 와이프한테 등짝 맞았다.

사실 절대자의 던전이 방영된 후, 가장 큰 수혜를 본 것은 다름아닌 유하린이었다. 그녀가 기존에 가지고 있던 오만하고 시크하다는 이미지는 편견과 오해라는 것이 밝혀졌고, 그녀가 지닌 아픈 과거와 일상에서 보여주는 엉뚱함은 시청자들에게 매력으로 다가갔으니까.

└하린니뮤ㅠㅠ 예전에 싸가지 없으시다고 오해해서 죄송합니다ㅠㅠ
-대체 유하린은 못하는게 뭔지 아시는 분?
└못하시는거 없습니다. 절대자의 던전에서 나온 것만 봐도 장비 수리, 채집, 함정 해체 스킬 숙련도가 최소 중급 8레벨 이상으로 보이며, 심지어 요리까지 잘합니다.
└어…… 뭔가 글만 보면 잡캐 같은데, 저 정도 수준이면 그냥 만능캐 아니냐ㅋㅋㅋ

화룡점정은 그녀의 얼굴이 공개되었을 때였다. 그 순간 시청률이 50%를 넘길 정도였으니, 구태여 설명을 더할 것도 없는 셈.
띠리리리리.
정우에게 전화가 온 것도 그때였다.

'한밤중에 전화 올 사람이 누가 있지?'

고개를 갸웃거리며 액정을 쳐다보던 정우가 미묘한 표정을 지었다.

'양반은 못 되시는구나.'

이어서 전화를 받은 그는 활기찬 목소리로 대꾸했다.

"여보세요?"

-아, 그…… 안녕하세요. 저 유하린인데요.

"네. 하린 씨 번호 저장되어 있습니다. 무슨 일이세요?"

정우의 질문에 대답을 한 박자 미룬 유하린이 차분한 목소리로 말했다.

-감사하다는 말씀드리고 싶어서요. 정우 씨의 말이 맞았어요.

"제 말이 맞았다니, 그게 무슨?"

-저번에 보육원에서 그런 말씀을 해주셨잖아요. 누가 뭐라고 해도 저는 저라고. 피하는 것만이 능사는 아니라고. 때로는 아플 것을 감안하면서도 부딪혀야 할 때가 있다고.

분명 그런 말을 한 기억이 있었다. 보육원에서 봉사 활동을 하면서 그녀와의 친해지자 저도 모르게 건넨 충고였다.

"그랬죠. 지금 생각해 보면 조금 주제넘은 참견이었던 것 같기도 합니다만……"

-그런 말씀 마세요! 저는 그 말을 듣고 정말…… 정말 많은 생각을 했어요. 그래서 정우 씨의 제안대로 방송에도 출연해

본 거구요.

"결과는 마음에 드십니까?"

정우의 장난기 어린 목소리에, 유하린은 웃는 목소리로 말했다.

-네. 좋아요. 아! 인기가 많아져서 좋다는게 아니에요. 그냥……
막상 겪어보니까, 제가 그토록 두려워했던 것이 별일 아니었구나,
라는 생각이 들어서, 홀가분한 기분 때문에 좋은 거예요.

"앞으로도 예전처럼 하린 씨를 시기, 질투하고, 싫어하는 사
람이 나올지도 몰라요."

-이제는 괜찮아요. 지금부터는 도망치지 않고 열심히 부딪
쳐 볼 거예요. ……정말 고마워요.

"별말씀을."

잠시 대화를 더 해나가던 정우는, 나중에 사냥이나 같이하
자고 약속하고는 전화를 끊었다. 다시 검게 물든 스마트폰의
액정을 쳐다보던 정우가 빙그레 미소를 지었다.

"다행이네."

리버티아의 복구공사가 끝이 나자, 오히려 상점가는 이전보
다 더욱 깨끗하고 효율성 높은 모습을 지니게 되었다.

"흠. 돈이 들어서 그렇지, 막상 공사하고 나니 이쪽이 더 보

기 좋네."

"그러게 내가 뭐라 그랬나. 더 나을 거라고 했잖은가?"

카룬달이 가슴을 쭉 펴면서 당당한 목소리로 말했다.

"그럼 예정대로 천하제일야장대회는 이번 주말부터 다시 재개하겠습니다."

"이전과 같은 테러는 두 번 다시 일어나지 않을 걸세. 우리의 강화보호결계가 있는 한은 말이지."

이번에는 카리우스가 콧대를 높이며 자랑스럽게 말했다.

현재 리버티아는 인어 족이 펼친 강화보호결계 마법이 보호하는 중이었다. 왕국과 마탑이 인증을 마친 사용자가 아니라면, 텔레포트 스킬을 통해 영지를 방문할 수 없다는 소리. 심지어 외부에서 쏘아내는 공격에 대해서도 단단한 방어막 역할을 해줘서 카이는 굉장히 만족 중이었다.

'마나석이 꾸준히 소모되는 것이 유일한 단점이지만……'

결계 하나를 유지하는데 들어가는 돈은 기껏해야 월 300골드. 한화로는 3천만 원 정도 되는 돈이었다.

다른 사람이라면 몰라도, 카이가 보유한 돈에 비하면 조족지혈이나 다름없는 액수.

당연히 보험 하나를 든다고 생각한 카이는 세 개의 영지에 싹 다 결계를 두른 상태였다.

"참, 그리고 인어들의 보고를 들어보니 자네의 영지 중 하베로스이던가? 그곳은 황무지나 다름없다던데, 그대로 놔둬도 괜찮은 건가?"

카리우스의 질문에 카이는 뒷머리를 긁으며 대꾸했다.

"그곳도 발전시켜야죠. 그런데 아직까지는 아이디어가 없네요. 뭔가 사람들의 이목을 확 잡아끌 만한…… 그런 획기적인 아이디어를 구상 중입니다."

"뭐, 그대가 어련히 알아서 잘하겠지. 혹시라도 도움이 필요하다면 말하게."

"알겠습니다. 그럼 저는 당분간 자리를 비울 것 같으니 대회는 여러분이 진행해 주세요."

-벗이여, 또 새로운 여행을 떠나는 건가?

카이의 어깨에 앉아 있던 세계수 루테리아가 그를 올려다보며 물었다.

"응. 이번에 천공신님의 부탁을 받으러 가거든."

-호오, 천공신이라…… 그리운 이름이군.

"그를 알아?"

-물론. 직접 본 적은 없지만, 조인족을 통해서 자주 들어봤던 분이지.

루테리아가 말을 꺼내자, 엘프 여왕 엘라이나가 손뼉을 치며 고개를 끄덕였다.

"저도 고문서에서 본 적이 있답니다. 예전에는 조인족과 엘프들이 서로 교류가 잦았다지요?"

-음. 조인족에게 있어서 생명의 힘이 가득 담긴 세계수는 둥지를 짓기 좋은 장소였지. 때문에 엘프와 조인족들은 정말 사이가 좋은 이웃이었다.

"조인족이라…… 그러고보니 나도 그들을 본 지도 오래됐군. 그들에게 무슨 일이 생긴 겁니까?"

카리우스의 질문에 루테리아가 고개를 저었다.

-나도 자세한 것은 모른다. 물딘 교가 대륙을 침공했을 때 칠흑의 해역으로 날아가는 모습을 본 것이 마지막이군.

"도망친 겁니까?"

-글쎄. 모르는 일이지. 다만 그들이 떠나기 전에 날 찾아왔을 때는, 천공신의 계시를 받고 떠난다고 말했다.

"천공신의 계시라……."

그렇다면 지금부터 만나러 갈 이스카가 시원한 대답을 해줄 터.

"좋은 정보 감사합니다. 직접 들어보는 수밖에 없겠네요."

이전에 헬릭과 손을 잡고 방문한 적이 있었기에, 천공신의 섬은 신출귀몰로 바로 갈 수 있었다.

"왔는가."

"예. 약속을 지키러 왔습니다."

"그대는 신의가 무엇인지 아는 자로다."

[천공신 이스카의 호감도가 상승했습니다.]

오늘도 날카로운 독수리의 눈을 번뜩인 그가 카이를 쳐다보며 물었다.

"지난번에 내가 했던 말을 기억하는가?"

"예. 당신이 맺은 열매에 대하여, 부탁하실 일이 있다고 하셨지요."

"맞다. 내가 맺은 열매들…… 그것이 무엇을 의미하는지는 알 거라 생각하네."

"조인족."

카이가 정확한 답을 내놓자, 이스카는 눈을 지그시 감으며 노란색 부리를 주억거렸다.

"나의 사랑스럽고 자랑스러운…… 동시에 미안하고 불쌍한 아이들이지."

이스카의 목소리에는 후회와 미련이 덕지덕지 묻어 있었다. 그야말로 듣는 이로 하여금 질문을 할 수밖에 없도록 만드는 목소리!

"그들에게 대체 무슨 일이 있는 겁니까?"

"현재 나의 아이들은 대륙의 서쪽. 칠흑의 해역에 위치한 섬에 갇혀 있다."

"섬에 갇혀 있다고요……?"

카이가 고개를 갸웃거렸다.

조인족이라면 당연히 날개를 가지고 있을 터. 그렇다면 바다쯤이야 간단하게 날아서 건너오면 될 것 아닌가?

"이에 관해선 조금 긴 설명을 해야 될 것 같군."

허리를 꼿꼿하게 편 이스카가 말을 이었다.

"우선 때는 수백 년도 전. 뮬딘 교와 대륙이 전쟁을 벌였을 당시의 일이라네. 헬릭의 대리인인 자네라면 알겠지만, 당시 뮬딘 교의 저력은 엄청났네. 대륙의 모든 세력을 상대하면서도 거센 저항을 펼칠 정도였으니까."

"예, 알고 있습니다."

"사실 그때 뮬딘 교는 자신들이 불리하다는 것을 일찌감치 깨달았네. 그러면서도 전선을 물리지 않고 최대한 버텼지."

"이유가 뭡니까?"

"불리한 전황을 단번에 뒤집을 계획이 있었기 때문이네."

"그런 대단한 계획이 있었다고요?"

카이가 눈을 삼빡거리자 이스카가 고개를 끄덕였다.

"알다시피 대륙은 삼면이 바다로 둘러싸여 있네."

"그렇지요."

세상의 끝과 연결되어 있다는 북쪽의 미개척지를 제외하면

서쪽과 남쪽, 동쪽은 모두 바다와 연결되어 있다.

"때문에 뮬딘 교는 북쪽에 형성한 전선을 최대한 유지하며, 바다를 통해 공습을 시도하고자 했네. 인간의 왕국을 침공하여 국왕들을 인질로 잡을 셈이었지."

"바다를 통해서라…… 그런데 당시에 대륙을 돌아서 올 만한 선박 기술이 있었나요?"

카이의 질문에 이스카가 고개를 내저었다.

"선박이 아니다. 알다시피 뮬딘 교는 온갖 악행과 비인도적인 실험을 일삼던 악의 세력. 그들은 아오사, 자탄과 더불어 수많은 종류의 괴생명체들을 탄생시켰지. 그러한 생명체들 중에는 바다에서 활동할 수 있는 괴물 또한 있었다."

잠시 말을 멈춘 그가 천천히 입을 열었다.

"시 서펜트. 그 녀석 때문에 대륙의 서쪽 바다는 생명체가 살아갈 수 없는 장소인 칠흑의 해역이라 불리게 되었지."

"시 서펜트?"

카이가 한 번도 들어본 적 없는 몬스터의 이름이었다.

"강한 녀석입니까?"

"물론이지. 혹시 대부분의 드래곤이 뮬딘 교가 친밀한 관계인 건 알고 있나?"

"예, 알고 있습니다."

그 부분은 예전에 사룡 시네라스를 잡고 나서 시미즈에게 설명을 들은 기억이 있었다. 모든 드래곤은 아니지만, 그들 중 대다수가 뮬딘 교와 관계되어 있다고.

"뮬딘 교는 드래곤이 지닌 힘에 강력하게 매료되었다. 하지만 인공적으로 드래곤을 만드는 것은 그들 일족의 분노를 살 가능성이 있다고 판단했지. 때문에 뮬딘 교는 시선을 세외로 돌렸다."

"세외라면……?"

"동대륙."

천공신 이스카가 짧게 대꾸했다.

"뮬딘 교는 동대륙의 용을 만들어내기로 결심했다."

"용과 드래곤은 다른 존재입니까?"

"다르다. 동대륙의 용은 천계에서 추방된 존재가 아니라 처음부터 용으로 존재했었으니까."

"드래곤과 비교하면 누가 더 강하죠?"

"개체마다 차이는 있겠지만, 일반적으로는 드래곤이 강하지."

이스카에 설명에 납득을 한 카이는 계속하라는 눈빛을 보냈다.

"뮬딘 교는 새로운 용족을 만들어내는데 엄청난 노력을 기울였다. 심지어 직접 동대륙으로 가서 용을 해부하고, 세포를 가져올 정노로 열심이었지."

"지독하군요."

"그 지독한 독기가 결국 시 서펜트 할리라는 괴물을 만들어냈다."

옅은 한숨을 내쉰 이스카가 미간을 찌푸렸다.

"할리는 베이스만 용일 뿐, 기존의 용과는 차원이 다르다. 포악한 성정은 물론, 드래곤을 의식하면서 만들었기에 마법에도 능하지. 심지어 지성 또한 높다."

"그렇게 대단한 녀석이 아직까지 살아 있나요? 뮬딘 교가 패배하고 망한 게 언젠데……."

"말하지 않았나. 그 녀석은 뮬딘 교가 준비했던 비장의 한 수였다고. 만약 뮬딘 교가 할리를 완벽하게 통제할 수 있었다면, 어쩌면 대륙의 역사는 판이하게 달라졌을지도 모르지."

"그게 무슨 뜻입니까?"

"할리를 지능이 뛰어난 놈이라고 소개한 것은 빈말이 아니다. 뮬딘 교에서는 녀석을 통제할 마법을 걸어두었지만, 녀석은 그것을 스스로 풀어버리고 사라졌다. 시 서펜트를 이용해 대륙 연합군의 뒤통수를 치려고 했던 뮬딘 교 입장에서는 믿는 도끼에 발등을 찍힌 것이지."

이스카의 설명을 모두 듣고 난 카이가 고개를 끄덕였다.

"엄청난 녀석이네요. 그래서 저에게 하실 부탁이라는 건 뭔가요?"

"뮬딘 교가 할리를 이용하려고 할 때, 나는 나의 아이들에게 한 가지 계시를 내렸다."

"설마……?"

카이의 질문에, 이스카는 착잡한 표정으로 고개를 끄덕였다.

"할리를 막으라는 계시였지."

"바다에서 싸우는 건 인어들이 더 낫지 않을까요?"

"시 서펜트는 엄청난 마법 저항력을 지니고 있다. 인어들의 마법으로는 상대할 수 없지."

"끄응. 그래서 조인족들은 현재 칠흑의 해역에 갇혀 있는 겁니까?"

"그렇다. 그들을 구출해 달라는 것이 나의 부탁이다."

[천공신의 부탁]

[난이도 : A]

[용맹스러운 조인족들은 현재 칠흑의 해역에 위치한 섬에 수백 년간 갇혀 있습니다.

바다의 지배자인 시 서펜트, 할리의 눈을 피해 그들을 구출하십시오.]

[성공할 경우 : 레벨 10 상승, 명성 100,000.]

'퀘스트 등급은 A, 보상은…… 나쁘지 않아.'

만약 퀘스트의 내용이 시 서펜트를 죽이라는 것이었다면 등급은 S로 책정되었을 것이다.

하지만 다행스럽게도 천공신이 바라는 것은 그저 조인족들을 구출해 내는 것뿐이었다.

"조인족들의 정확한 위치가 필요합니다."

"위치가 기록된 지도일세."

"감사합니다. 그리고 그들을 구출하려면 대량의 텔레포트 스크롤이 필요하지만…… 그건 일전에 천공의 주시자 스킬을 받았으니 서비스로 해드리겠습니다."

"고맙군."

이스카에게 건네받은 지도를 펼쳐 위치를 확인한 카이는 떠날 채비를 했다.

"언제 출발하는가?"

그 질문에 카이는 당당하게 말했다.

"지금 바로 가겠습니다."

미드 온라인에서 바다 지역을 모험하는 유저의 수가 적은 이유는 간단했다. 배가 비싸니까.

심지어 항해 스킬이 없다면 배를 운전할 조타수는 물론, 배를 관리할 선원들도 고용해야 했다.

하지만 카이는 그 귀찮은 과정을 단번에 날려 버릴 수 있는 방법을 알고 있었다.

"강화 소환, 미믹."

그의 명령에 따라 소환된 미믹을 와이번 폼으로 바꾼 카이는 그 위에 올라탔다.

"자, 지도에 표시된 위치 보이지? 오늘 목적지는 여기야."

"까아악!"

잔뜩 흥분한 미믹이 신나게 소리를 질렀다. 요즘 들어 주인이 자주 불러주어서 세상을 실컷 구경할 수 있었기 때문이다.

펄럭, 펄럭!

일반적인 와이번보다 덩치가 큰 미믹은 힘찬 날갯짓과 함께 창공으로 날아올랐다.

"끼룩, 끼룩!"

아오사의 핵에서 태어난 지 얼마 되지 않는 미믹은 인간으로 치면 어린아이나 다름없었다. 당연히 새로운 장소를 가거나 맛있는 음식을 먹는 것을 최고로 좋아했다. 때문에 생에 처음 '바다'라는 것을 목격한 미믹의 입에서는 절로 기쁨의 포효가 흘러나왔다.

"까가각, 까가가각!"

그러나 본래 대부분의 여행은 출발하는 순간만 설레는 행위다. 네 시간 동안 하늘을 날아다닌 미믹은 급격히 피로해졌고, 당연히 날갯짓도 느려졌다.

"이런."

미믹의 등 위에서 책을 읽고 있던 카이가 눈을 깜빡였다. 속도가 느려진 것이 피부로 확 느껴질 정도였기 때문이다.

'아무리 비범한 체력을 지닌 미믹이라도, 칠흑의 해역까지 단번에 날아가는 것은 무리였나?'

하지만 크게 문제 될 것은 없었다. 녀석의 등 뒤에 타고 있는 것은 다름 아닌 자신이었으니까.

"힐, 큐어, 블레스."

정성이 가득 담긴 버프를 받은 미믹의 체력이 순식간에 회복되었다.

"미믹아. 조금만 더 힘내자."

게임이 아닌 현실이었다면 노동청에 신고를 당해도 할 말이 없을 혹사! 하지만 아쉽게도 미믹은 아무것도 모르는 순수한 아이였다.

"까아악!"

지친 몸을 치료해 준 주인에게 감사의 인사를 건넨 미믹은 다시 날갯짓을 시작했다.

'이제 두 시간 정도 남았나.'

카이는 시선을 다시 읽고 있던 책으로 돌렸다.

펄럭!

조인족의 아이 하나가 울창한 나무로 이루어진 숲속을 비행하고 있었다. 하나 그의 시선은 처음부터 끝까지 앞이 아닌, 나뭇잎 너머의 높은 하늘을 바라보고 있었다.

'높이 날고 싶다.'

그는 힘차게 날갯짓을 하며 한참을 날고 있었지만, 비행 욕구는 채워질 줄을 몰랐다.

'저 넓은 하늘을 내 집처럼 누비며 날고 싶어.'

어른들의 말에 따르면, 한때는 조인족이 하늘을 마음껏 날아다닐 수 있었다고 한다. 물론 지금은 꿈도 꿀 수 없는 일이었다.

바다의 지배자. 시 서펜트 할리가 일대를 돌아다니며 조인족을 사냥하고 있었으니까.

때문에 조인족은 울창한 나무들이 가려주는 숲속에서 생활할 수밖에 없었다. 당연히 비행 또한 숲속에서만 해야 했다. 나무의 높이를 넘어가는 순간, 할리는 귀신처럼 나타나서 조인족들을 잡아먹었으니까.

"빌어먹을 할리."

현재 조인족이 살고 있는 섬은 일 년 내내 먹구름이 잔뜩 껴 있는 상태였다. 그것 또한 시 서펜트 할리가 만들어낸 마법의 산물이었다.

'나도 태양이 어떻게 생겼는지 보고 싶은데……'

어른들이 입에 닳도록 설명하던, 눈이 멀어버릴 정도로 밝게 빛난다는 새하얀 구체.

"젠장!"

결국, 오늘도 비행 욕구를 풀어내지 못한 아이는 욕지거리를 뱉어내며 천천히 하강했다.

"왜 이렇게 늦게 다니니?"

숲속의 마을에 위치한 집으로 돌아오자 어머니가 걱정스러운 눈빛으로 그를 쳐다봤다.

"누누이 말하지만, 절대 높이 날면 안 된단다."

"……알겠어요."

마지못해 고개를 끄덕인 아이는 수건을 챙기며 말했다.

"씻고 올게요."

마을의 공용 호숫가로 다가간 아이는 호수에 비친 자신의 모습을 쳐다보았다.

"……"

매. 조인족 중에서도 강력한 핏줄을 타고난 그의 상반신은 하늘의 제왕이라고까지 불리는 매의 모습을 쏙 빼닮아 있었다.

고고한 백색으로 덮여 있는 상체. 사냥감을 뜯어먹기 좋게 날카롭고 단단한 부리. 마지막으로 인간보다 8배는 족히 멀리 볼 수 있는 용맹한 눈동자까지.

친구들은 그를 항상 부러워했지만, 그는 이러한 조건들이 부질없이 느껴졌다.

"젠장, 하늘의 제왕은 무슨……."

아이는 조인족들이 싫었다. 왜냐하면, 그들은 숲속의 나무 위로는 비행조차 못 하는 겁쟁이들이었으니까.

'그리고…… 나도 똑같은 겁쟁이지.'

그래서 본인을 포함한 모든 조인족들이 싫었다. 할리가 무서워 마음껏 날개조차 펼치지 못하는 겁쟁이들의 일족이었으니까.

'하루하루가 챗바퀴 돌아가는 것처럼 똑같고, 따분해.'

아이가 옅은 한숨을 내쉬는 순간, 호숫가 주변에 분주해지기 시작했다.

"뭐? 그게 정말인가?"

"예, 그것 때문에 장로회가 소집되었습니다."

"잘못 본 건 아니고?"

"아닙니다. 순찰조에 포함된 모든 이들은 서쪽 지역에서 태양을 봤다고 했습니다."

"하지만 할리의 먹구름이 있을 텐데……."

"그 부분만 먹구름이 뚫려 있었다고 합니다. 확인해 본 결과 현재는 막혀 있었습니다."

솔깃!

그들의 대화를 엿듣고 있던 아이의 귀가 쫑긋 세워졌다.

'태양이라고? 먹구름이 뚫려 있어?'

따분하던, 쳇바퀴 같던 일상에 변화가 생긴 순간이었다.

꽃

"오늘 순찰할 서쪽 지역이라면 여기일 텐데."

황급히 마을을 빠져나온 아이는 엿들었던 대화를 토대로 서쪽 지역으로 이동한 상태였다.

'순찰조는 분명 태양을 봤다고 했지. 그렇다면 혹시 나도……'

두근두근.

어쩌면 오늘 태양을 볼지도 모른다는 막연한 기대감이 부풀어 올랐다. 그 때문에 아이는 하루 종일 비행을 하느라 힘든 것도 잊고 힘차게 날개를 움직였다.

'어디…… 어디냐.'

그의 시선은 항상 그랬듯이 하늘을 향해 고정되어 있었다.

하나 먹구름이 뚫려 있는 장소는 물론, 태양으로 추정되는 구체는 보이지 않았다.

"후욱, 후욱."

기대감은 차올랐던 속도만큼이나 빠르게 식어갔고, 홍분으로 잊고 있던 피로감이 몰려왔다.

"잠시 쉬어야…… 크윽!"

잘 날아가던 아이의 몸은 순식간에 균형을 잃더니 땅에 처박혔다. 아릿한 통증이 느껴지는 왼쪽 날개는 날카로운 나뭇가지에 크게 베여 피가 흐르는 중이었다.

"으, 으, 으……."

숲의 서쪽 지역은 아이가 평소에 자주 오던 장소가 아니었다. 평소의 비행 코스는 눈 감고도 갈 수 있는 길이었기에 하늘을 보면서도 날 수 있었지만. 초행길에서는 당연히 앞을 보며 날아야 한다는 것을 까먹은 대가였다.

'어, 어떻게 하지…….'

마을에서 멀리 떨어진 숲속. 식량은 없고, 부상까지 당했다. 심지어 자신은 이곳으로 오겠다는 말을 누구에게도 한 적이 없었다.

조건만 나열해 보면 영락없는 미아!

덜컥 겁이 난 아이의 눈가로 눈물이 그렁그렁 맺히기 시작했다.

"어, 엄마아……."

서럽게 울어봤지만 대답해 주는 이가 있을 리 만무. 오히려 밤을 맞이한 숲은 바람에 흔들리는 나뭇잎 소리 때문에 더욱 으스스하게 느껴졌다.

"흐윽, 흑……."

겁에 질린 아이가 이도 저도 못하고 울고 있는 순간.

"음? 거기 누구 있습니까? 신성한 빛."

번쩍!

그의 앞에 태양(?)이 나타났다.

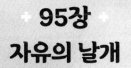

95장
자유의 날개

번쩍번쩍!

엄청난 빛을 뿜어내는 빛의 구체를 쳐다본 조인족 아이는 저도 모르게 눈을 감으며 생각했다.

'누, 눈이 부셔⋯⋯.'

어른들이 했던 말은 사실이었다. 태양은 쳐다보는 것만으로도 눈이 멀 것만 같았다.

힐끔힐끔.

아이는 곁눈질로 태양을 계속해서 쳐다봤다.

"아, 미안. 너무 눈부신가?"

머쓱한 목소리와 함께 사과가 건네졌고, 빛의 구체는 은은한 빛을 뿜어내기 시작했다.

"어!"

조인족의 아이는 큰일이라도 난 것처럼 호들갑을 떨었다.

"괘, 괜찮은 거예요? 태양이 꺼지고 있는 것 같은데!"

"응? 태양이라니?"

남자가 고개를 갸웃거리며 물었다.

"그치만 이 구체의 빛이…… 빛이……."

남자에게 시선을 돌린 아이의 눈동자가 거세게 흔들렸다.

'이 새는 무, 무슨 종이지?'

그는 성인 조인족보다 신장이 작았는데, 조인족의 상징인 날개는커녕, 상반신도 털로 덮여 있지 않았다. 심지어 부리는 어디서 얻어맞고 부러졌는지, 보이지조차 않는 상태.

"이, 이상한 새……."

어두운 숲, 태양을 다루는 존재. 심지어 모습도 이상하다!

두려움을 느낀 아이는 저도 모르게 뒷걸음질을 쳤다.

"아얏!"

그러자 날카로운 덤불 숲에 스친 왼쪽 날개에서 엄청난 고통이 느껴졌다.

눈물이 핑 돌 정도로 쓰라린 상처!

아이는 이러지도 저러지도 못하는 표정으로 사내를 올려다봤다. 그 모습을 쳐다보던 남자는 어깨를 으쓱거리며 한쪽 무릎을 꿇었다.

"우선 오해는 나중에 풀고. 상처부터 치료해 줘도 괜찮을까?"

"……."

아이의 경계심 어린 눈빛에 빙그레 미소를 지은 남자는 한쪽 손바닥을 앞으로 내밀었다.

"햇살의 따스함."

우우우웅!

신성한 황금빛 입자는 곧장 날개로 내려앉았고, 상처가 순식간에 재생되기 시작했다.

"어, 어어어……!"

그 기적 같은 광경을 목도한 아이는 믿을 수 없다는 듯 눈을 크게 떴다.

"이제 안 아프지?"

남자가 묻자, 조인족 아이는 자신의 왼쪽 날개를 더듬거리더니 미친 듯이 고개를 끄덕였다.

"아, 안 아파요."

"다행이다. 앞으로는 조심해서 다녀."

"네……."

"그럼 이제 이름을 물어봐도 될까?"

남자의 질문에 아이는 힘차게 고개를 끄덕였다.

"제 이름은 이카루스예요."

"이카루스라…… 좋은 이름이네. 내 이름은 카이다."

이름을 주고받자, 경계심이 약간 풀린 이카루스가 물었다.

"그런데 아저씨는 무슨 새예요? 날개는 왜 없죠? 털이랑 부리도 없잖아요."

"그야 나는 새가 아니니까?"

"네? 그럼…… 아저씨는 조인족이 아니에요?"

"그래, 난 조인족이 아니라 인간이야."

"인간!"

이카루스가 자리에서 펄쩍 뛰며 소리쳤다.

"어른들에게 들어봤어요! 그러고 보니 들었던 대로네!"

카이를 한창 신기하게 쳐다보던 이카루스는 돌연 고개를 갸웃거렸다.

"그런데 인간이 어떻게 여기에 있어요?"

"아, 그건 말하자면 좀 긴데……."

어색한 웃음을 흘린 카이는 하늘을 가득 채운 먹구름을 올려다봤다.

30분 전, 천공신 이스카가 표시해 준 위치에 도착한 카이는 당황을 금치 못했다.

"……이게 대체 뭐야?"

바다는 넓다. 특히 칠흑의 해역에서는 동서남북 어디를 봐도 수평선밖에 볼 수가 없다.

하지만 카이는 태어나서 단 한 번도, 먹구름의 바다가 존재한다는 말을 들어본 적은 없었다.

하늘을 가득 채우고 있는 광활한 먹구름의 파도. 다른 곳은 여전히 밝은 대낮이었지만, 먹구름이 드리워진 지역은 비가 오는 날처럼 어두웠다.

'여기부터가 시 서펜트 할리의 영역인가.'

침을 꿀꺽 삼킨 카이는 미믹의 머리를 가볍게 쓰다듬었다.

"미믹, 여기까지 온다고 수고했어. 조금만 더 고생해 줘."

"까아악!"

알겠다는 듯 힘차게 대꾸한 미믹은 카이의 명령에 따라 인근의 섬으로 내려가기 시작했다.

'이제 조인족들을 만나고 텔레포트 스크롤만 넘겨주면 되는 건가.'

모든 일이 잘 풀릴 것 같던 그때. 공기가 요동쳤다.

"까아아아아악!"

미믹이 열심히 날갯짓하며 몸의 중심을 잡아 보려 했지만, 그를 흔드는 바람의 세기는 상상 이상이었다.

'이런 바람이 절대 자연 풍일 리가 없어.'

미믹의 등을 꽉 붙잡고 있던 카이가 아랫입술을 살짝 깨물었다.

동시에 그의 귓가로 낮게 깔린 목소리가 들려왔다.

-인…… 간인가.

카이는 목소리의 주인에게 누구냐는 멍청한 질문을 하지 않았다.

"그러는 너는 시 서펜트 할리겠군."

-수백 년이 흐른 지금…… 나의 존재를 아는 인간들은…… 역시 또 너희들인가…….

저 멀리서 할리의 모습이 보이기 시작했다.

쏴아아아아아!

물속에 잠겨 있던 머리를 치켜든 것만으로 바다가 요동치며 바닷물이 폭포수처럼 떨어졌다.

-봐주는 건…… 지난 한 번뿐이라고…… 분명히 경고했을 텐데…….

"뭐?"

-나의 경고를…… 무시한 죄는…… 목숨으로 갚으라.

"잠깐, 무슨 오해가 있는 것 같……."

콸콸콸콸콸!

바닷물이 허공으로 솟구치며 할리의 입가로 빨려들어 갔다. 꽤 먼 거리였음에도 카이의 감각은 경종을 울렸다.

"젠장, 미믹. 저건 위험해. 지금 당장……."

저도 모르게 등줄기에 소름이 돋은 카이가 명령을 내리려

했지만, 할리가 한 발 더 빨랐다.

콰과과과과과!

극한으로 압축된 물, 수압포가 미믹을 그대로 관통했다.

"까…… 아아악!"

"미믹!"

띠링!

[소환수, '미믹'이 역소환되었습니다.]

공격 한 번에 역소환을 당해 버린 미믹!

엎친 데 덮친 격으로, 그보다 더한 문제가 카이를 기다리고 있었다.

'이런…… 비행 수단이 없어!'

와이번 폼의 미믹을 타고 이곳까지 온 카이로서는 허공에서 날아다닐 방법이 없었다.

'아니, 잘하면…….'

빠른 속도로 바다에 떨어지던 카이의 시야로 섬이 하나 들어왔다.

'이스카가 표시한 위치는 저 섬이다.'

곧장 시선을 섬에 고정한 카이의 머리가 빠르게 돌아가기 시작했다.

'거리가 제법 멀어. 이건…… 모 아니면 도다.'

현재 카이가 허공에서 장거리 이동을 할 수 있는 유일한 방법은 하나뿐이었다.

"중력장!"

스킬의 시전과 동시에, 마나가 쭉 빠져나가며 중력의 작용 방향이 뒤틀렸다.

"끄으윽……!"

순식간에 신형이 90도로 꺾인 카이가 섬 쪽을 향해 쏘아져 나갔다. 그에 대한 반작용으로, 체력이 떨어지고 몸의 여기저기가 고장 났다는 알림음이 계속 울렸다.

'조금만…… 조금만 더……!'

섬을 아주 조금 남겨놓은 그 순간, 절망과도 같은 메시지가 떠올랐다.

[마나가 부족합니다.]
[중력장 스킬이 취소됩니다.]

'이런!'

쭉쭉 나아가던 카이의 몸이 멈추더니, 이내 바다 쪽을 향해 떨어지기 시작했다. 그 상황에서 카이가 할 수 있던 것은 단 하나뿐.

"빛의 군단!"

띠링!

[소환하실 빛의 전사를 지명해 주십시오.]

1. 데스몬드.

2. 비어 있음.

3. 비어 있음.

카이는 눈앞에 떠오른 인터페이스 창을 쳐다보며 꽥 소리를 질렀다.

"데스몬드!"

그와 동시에 어둠이 스멀스멀 피어오르더니, 데스몬드가 소환되었다.

번쩍!

그는 밤의 귀족인 뱀파이어의 상징이라고 할 수 있는 홍안을 빛내며, 앵두처럼 붉은 입술을 천천히 달싹였다.

-아아, 간만의 세상……

"야, 진짜 미안하다!"

콰드드득!

……?

등장 대사를 끝내기도 전에, 데스몬드의 정수리에는 커다란 발자국이 새겨졌다.

그는 얼떨떨한 표정으로 제 정수리를 스윽스윽 문질러보더니, 버럭 화를 냈다.

-가, 감히! 지금 뱀파이어 일족의 로드인 나의 머리를 밟은 것이냐!

그가 노성을 터뜨렸지만 이미 그를 발판으로 삼은 카이는 섬 끄트머리에 도착한 상태였다.

"방법이 없었어! 미안해!"

-이이…….

데스몬드가 멀리서 손을 흔드는 인간에게 욕이라도 한가득 해주려는 순간.

콰과과과과과과과과!

-음?

할리가 쏘아낸 수압포가 그의 몸을 관통했다.

-끄으윽! 감히……!

빛의 전사 데스몬드가 최초로 소환되어 한 일은, 카이의 발판이 되는 것. 그것뿐이었다.

"음음. 이런저런 우여곡절 끝에 도착할 수 있었지."

짧은 회상을 마친 카이는 눈을 지그시 감은 채 고개를 끄덕이며 중얼거렸다.

"······그러니까 이런저런 우여곡절이 대체 뭔데요?"

이카루스가 삐딱한 표정으로 그를 쳐다봤다. 설명을 해주는가 싶더니, 혼자 눈을 지그시 감고 저런 말이나 하다니.

"그건 말로 설명하려면 조금 기니까 나중에 들려줄게."

"그럼 요약이라도 해줘요."

"요약······ 음······ 요약이라? 잠시만."

그 요청에 머릿속에서 상황을 정리하던 카이는 돌연 박수를 쳤다.

"오케이, 정리 끝. 쉽게 요약하자면 나는 와이번을 타고 바다를 건너고 있었는데, 할리가 튀어나와서 수압포를 쐈어. 거기에 직격당한 내 와이번은 사라졌고, 나는 뱀파이어 로드의 정수를 밟고 가까스로 이 섬에 도착했지."

"······."

이카루스가 불신 가득한 표정으로 카이를 올려다봤다.

"와이번이라면······ 그 날개가 달린 용족의 하위 몬스터 아닌가요?"

"맞아."

"혹시 보여주실 수 있으세요?"

"아, 그건 좀······."

역소환 된 미믹을 다시 불러내려면 시간이 더 필요했다.

"그럼 뱀파이어 로드는요?"

"아, 개도 좀……."

카이가 난색을 표하자, 이카루스는 피식 웃었다.

"그러니까…… 요약하자면 아저씨는 와이번이랑 뱀파이어 로드도 부릴 수 있는 대단한 사람이네요?"

"그렇지, 이해력이 참 빠르네. 혹시 구몬 하니?"

"후우."

이카루스가 고개를 절레절레 흔들며 조그맣게 중얼거렸다.

"장로님들이 인간은 허풍이 심한 존재랬는데…… 생각보다 훨씬 더 심각하잖아?"

"음? 잠깐. 누구 목소리가 들리는데."

카이의 말에 이카루스가 찔끔한 표정을 지었다.

"아, 아니, 딱히 의심하는 건 아니고……."

"무슨 소리야? 너 찾는 것 같은데?"

"네?"

그 말에 이카루스는 눈을 꼭 감고 귀에 신경을 집중했다.

-이카루스!

-들리면 말해라!

-어디 있느냐!

"아!"

이카루스의 안색이 확 밝아졌다.

분명 마을의 수색조가 그를 찾기 위해 나온 것이리라.

그는 자리에서 일어나며 황급히 소리쳤다.

"여기예요!"

-엇! 이 목소리는······.

-저쪽이다!

펄럭, 펄럭!

순식간에 날갯짓을 하며 도착한 수색조는 멀쩡한 이카루스를 보며 안도의 한숨을 내쉬었다.

"이 녀석아, 밤늦게 어딜 그리 돌아다니느냐. 너희 어머니가 지금 울고불고 난리도 아니다."

"하, 하지만······ 순찰조가 태양을 봤다고 하길래, 저도 보고 싶었단 말이에요."

"······그 녀석들, 입단속 철저히 하라고 그렇게 말했건만."

고개를 절레절레 흔든 수색조의 대장은 이카루스의 몸을 구석구석 살폈다.

"그런데 괜찮으냐? 오던 길에 피 냄새가 나길래 분명 네가 흘린 거라 생각했는데······."

"아, 제 피 맞을 거예요. 싱처는 카이가 치료해 줬어요."

"카이라니?"

눈을 동그랗게 뜨는 수색조 대장은 올빼미를 쏙 빼닮아 있었다. 그 질문에 병풍처럼 서 있던 카이가 머쓱하게 손을 올렸다.

"제가 카이입니다."

"아이, 깜짝이야. 기척 좀 하고 서 있게."

놀란 가슴을 쓸어내린 올빼미 대장이 크고 동그란 눈을 깜빡거리며 물었다.

"그나저나 신기하게 생긴 새로군. 자네는 무슨 종인가?"

"……으음."

아무래도, 조인족들은 세상에 대해 모르는 게 많은 것 같았다.

"이카루스!"

눈시울이 붉어져 있는 조인족 여성 하나가 이카루스를 껴안으며 소리쳤다.

"왜, 왜 이래요, 엄마. 새들 다 보는데 창피하게……."

"시끄러워! 엄마가 얼마나 걱정을 했는지 아니?"

마을 한복판에서 어머니의 품에 안기게 된 이카루스의 얼굴이 붉게 물들었다.

"아, 알았어요. 알았으니까……."

그가 자신의 어머니를 달래느라 바쁠 때, 조인족들은 카이를 보며 수군거렸다.

"그런데 저기 저 새는 누구지? 처음 보는 종인데?"

"어쩜, 부리가 부러졌나 봐. 밥 먹을 때 불편하겠다. 불쌍해라……."

"털도 없어서 겨울이 되면 추울 것 같아."

카이를 향한 동정의 여론이 이어질 때, 조인족 하나가 입을 열었다.

"내가 들었는데, 새가 아니라 인간이래."

"째애액! 인간이라고?"

깜짝 놀란 새들이 반문했다.

"응. 수색조의 친구에게 들었어."

"인간이라면…… 가끔씩 장로님이나 족장님들이 얘기해 주시던?"

"어, 전부 만들어낸 이야기 아니었어?"

"나도 그런 줄 알았는데……."

"그런데 인간이 여긴 어떻게 왔대."

수색조와 함께 조인족의 마을에 입성한 카이는 동물원의 원숭이가 된 듯한 기분을 느꼈다.

하지만 언노운 시절, 이와 같은 대우에 익숙해졌던 그는 아무렇지도 않게 마을을 둘러보았다.

'음.'

드워프와 인어, 엘프들의 마을을 모두 방문해 본 카이였기에 확실히 알 수 있었다.

'조인족들의 마을치고는…… 뭔가 이상한데?'

여태 방문했던 아인종들의 도시는 모두 그들만의 문화와 특성이 엿보이는 구조였다.

하지만 조인족의 마을에는 그런 것들이 없었다.

카이가 대체 왜 그럴까 생각을 하던 그때, 묵직한 음성이 퍼졌다.

"모두 조용히."

그러자 거짓말처럼 모두가 입을 다물었다. 카이는 저 멀리서 일련의 무리를 이끌고 다가오는 조인을 바라보았다.

그의 시야를 강탈하다시피 앗아간 것은 선두의 존재였다.

'대머리 독수리잖아?'

심지어 나이가 지긋해 보이는 그 새는 어깨까지 내려오는 길다란 수염을 지니고 있었다.

"흐으음. 보고를 듣고는 설마 싶었는데, 정말 인간이라니."

카이에게 다가온 그는 깊은 침음을 삼키며 중얼거렸다.

그의 뒤에 서 있던 조인들도 다들 나이가 지긋했는데, 그들도 카이를 알아보는 눈치였다.

"아무래도 많은 이야기가 필요할 것 같군. 따라오시게."

"배려에 감사드립니다."

대머리 독수리가 앞장서자, 마치 모세의 기적이라도 일어난 것처럼 조인족들이 길을 쫙 비켜섰다.

잠시 후 그들은 마을 회관으로 추정되는 저택에 도착했다.

"미안하지만 대접할 음료라고는 차밖에 없네."

"주시면 감사히 마시겠습니다."

"싹싹하구먼."

자리에 앉은 대머리 독수리는 카이를 바라보며 입을 열었다.

"우선 통성명부터 하지. 이 늙은이의 이름은 거스트라고 하네. 조인족을 이끌고 있지."

"카이입니다."

"카이, 카이라…… 기억해 두겠네. 그럼 어쩌다가 이 섬에 오게 되었는지를 말해줄 수 있겠나?"

그 질문과 동시에 카이를 둘러싼 수많은 조인들의 눈빛에 강한 호기심이 떠올랐다. 그도 그럴 것이, 대답을 통해서 외부와 연결되는 통로를 찾을 수도 있다는 희망 때문이었다.

하지만 카이의 입에서 흘러나온 대답은 의외의 것이었다.

"전 여러분을 구출하기 위해 이곳에 왔습니다."

"……응?"

그 대답에 모든 조인들이 고개를 갸웃거렸다. 하늘을 날지도 못하는 인간이 이곳에 들어온 것도 신기한데, 자신들을 구하기 위해서라니?

카이는 눈만 깜빡거리는 그들을 쳐다보며 인벤토리를 열었다.

구우웅!

그러자 책상 위로 수백 개의 텔레포트 스크롤이 들어 있는 배낭이 떨어졌다. 그것을 바라본 거스트가 떨리는 목소리로 물었다.

"이, 이건……?"

"텔레포트 스크롤입니다."

카이가 듬직한 목소리로 대꾸했다. 그가 예상했던 것은 서로를 부둥켜안으며 환호를 터뜨리는 조인들이었다.

하지만 돌아오는 반응은 생각 이상으로 싸늘했다.

"후우……."

거스트는 깊은 한숨을 내쉬더니, 고개를 흔들었다.

"시도는 좋았네만, 텔레포트 스크롤은 사용할 수 없네."

"예? 그게 무슨……."

"이 섬의 주변이 할리의 영역이라는 것은 알고 있겠지?"

"물론입니다."

"그가 뿌려놓은 먹구름은 마나의 흐름을 방해하는 효과를 지니고 있네."

"마나의 흐름을 방해한다니요?"

"쉽게 말해서…… 텔레포트 같은 공간 이동 마법은 사용할 수 없네. 그 밖에도 마나를 사용하면 평소보다 더 짧은 시간 밖에 사용할 수 없을 게야."

부욱.

거스트는 카이가 들고 온 텔레포트 스크롤 한 장을 과감하게 찢으며 말했다. 그리고 그의 말대로, 텔레포트 스크롤은 작동하지 않았다.

"아……."

순간 카이의 뇌리에 떠오른 것은, 이번에 자신이 영지에 설치한 강화보호결계였다.

'그것과 비슷한 원리인가? 하지만 해룡이 시전한거니 효과는 더 뛰어나겠지.'

이곳에 오기만 하면 모든 것이 끝날 줄 알았던 카이는 실망을 금치 않았다.

'그럼 조인족들을 직접 이끌고 빠져나가야 한다는 소리잖아?'

할리가 눈을 부릅뜨고 있는 상태에서 그건 불가능한 일이나 마찬가지다.

'이거 난이도가 갑자기 확 올라가 버렸는데.'

카이가 인상을 찌푸리자, 거스트가 물었다.

"우리를 위해 노력을 해주어 고맙네. 그런데 하나만 물어봐도 되나?"

"말씀하세요."

"인간들이 우리를 구출할 것 같지는 않군. 대체 누구인가? 자네에게 구출을 의뢰한 이는."

타당한 질문이었다. 그의 말처럼 조인족들이 이 섬에 갇힌 지 수백 년이나 흐른 시점에서, 인간들이 뜬금없이 그들을 구출하려고 하지는 않을 테니까.

카이는 옅은 한숨을 내쉬며 말했다.

"천공신 이스카. 그분께서 절 보내셨습니다. 자신의 아이들이 불쌍하니 구해달라고 친히 부탁하셨지요."

"처, 천공신께서……!"

"오오…… 그렇다면 자네는 신이 보낸 사자란 말인가!"

축 처져 있던 조인족들의 기분이 손바닥 뒤집듯 바뀌었다.

그것은 거스트 또한 마찬가지.

그는 잔뜩 흥분한 목소리로 물었다.

"이, 이것 참…… 몰라봐서 미안하군. 자네가 그 정도로 대단한 인간인지는 몰랐네."

"아닙니다. 모를 수도 있지요. 혹시 광휘의 성기사에 대해서 알고 계십니까?"

"알다마다!"

거스트를 비롯한 조인들의 목소리가 거칠어졌다. 그것은 그들이 잔뜩 흥분했다는 의미이기도 했다.

"패트릭, 그는 내가 본 인간 중 가장 강력한 기사였네."

"그가 함께하는 전장이라면 무서울 것이 없었지."

"패트릭이라…… 그리운 이름이군. 그는 나에게 가끔씩 지렁이를 줄 정도로 착했지."

조인들이 저마다의 영광스러웠던 추억에 잠겼다.

오직 거스트만이 현실적인 질문을 던졌다.

"그런데 갑자기 패트릭의 이름은 왜 꺼내는 것인가?"

"왜냐하면, 제가 그의 의지를 계승했기 때문입니다."

우-우-우-웅!

동시에 탁자 위에 올려져 있던 수백 장의 텔레포트 스크롤들이 허공으로 솟아올랐다. 그 엄청난 압력을 뿜어낸 것은, 어느새 탁자 위에 소환된 한 자루의 성스러운 검이었다.

"허, 허억…… 성검……!"

"정말로 패트릭의 후예였군!"

"내, 내가 살아서 이 검을 다시 보게 될 줄이야."

조인족들은 닭살이 올라오는 깃털을 만지며 엄청난 희열을 느꼈다.

"오, 오-오-오-오……."

이번에는 거스트도 흥분을 감추지 못했다.

그는 성검 프리우스를 쳐다보며 옛 생각에 사로잡혔다.

"그가 생각나는구먼…… 내가 전장의 시야를 보고 그에게 이야기를 해주면, 그는 항상 희미한 미소를 지으며 감사하다고 말했었지."

잠시 시간이 흘러 조인족들이 흥분을 가라앉히자, 거스트가 입을 열었다.

"그의 뒤를 이었다는 것은, 카이 그대가 당대의 사도라는 의미겠지?"

"예, 제가 패트릭 님의 뒤를 이어 네 번째 사도가 된 카이입니다."

"과연. 천공신께서 그대에게 이리 어려운 부탁을 하신 이유도 알겠군."

거스트가 환하게 웃으며 카이의 손을 꽈악 잡았다.

"우리를 구해주러 와주어서 정말 고맙네."

"아, 저기 그런데……."

카이가 멋쩍은 듯한 표정을 지으며 슬며시 입을 열었다.

"저도 딱히 할리와의 전투를 염두에 두고 온 건 아니거든요? 천공신께서도 싸우면 제가 질 테니 조인족들의 구출만 해 달라고 하셨고……."

"그게 무슨…… 설마?"

거스트는 사방에 흩뿌려진 텔레포트 스크롤을 쳐다보며 안타까운 표정을 지었다.

"이런……."

해룡 할리의 마법 때문에 텔레포트 스크롤을 사용할 수 없는 지금. 한 마디로 카이가 그들을 구출해 낼 방법은 없다는 뜻이었다.

"후우. 그럼 결국 또 제자리걸음이군."

조인족들이 깊은 한숨을 내쉬며 어깨를 축 늘어뜨렸다.

그런 그들을 보던 카이가 머리를 긁적거리며 입을 열었다.

"그래서 말인데, 우선 조인족들의 상황에 대해서 말씀해 주시겠습니까?"

"상황이라……."

그 말을 내뱉는 거스트의 목소리는 무겁기 짝이 없었다.

"이보다 더 나쁠 수는 없네."

이어진 거스트의 말은 현재 조인족의 참담한 현실을 가감없이 설명해 주었다.

"심각하군요."

현재 조인족이 놓인 처지를 정리하자면 이러했다.

할리가 두려워 숲 바깥으로 나갈 수가 없고, 이것은 비행 또한 마찬가지다. 게다가 수백 년 동안 드리워진 마법의 먹구름 때문에, 대다수의 조인족들은 진정한 하늘을 본 적도 없고, 태양을 본 적도 없었다.

'이카로스가 신성한 빛을 보고 태양이 아니냐고 물었던 게 그런 이유였구나.'

가장 큰 문제는, 높이 날지 않다 보니 날개의 성능이 조금씩 떨어지고 있다는 것이었다.

"요즘 어린 조인들의 몸을 살펴보면, 상체보다는 하체의 근육이 더 발달하고 있네. 이건 큰일이라고 할 수 있지."

하늘의 제왕이라고까지 불리던 조인족들의 날개가 퇴화된다니. 과연 천공신 이스카가 자다가도 벌떡 일어날 정도로 걱정할 만하다.

"후우, 일단 알겠습니다. 그럼 제가 탈출 방법을 강구해 보도록 하죠."

말은 그렇게 했지만, 카이는 본능적으로 느끼고 있었다. 이 섬에서 탈출하는 방법은 할리와 싸워서 이기는 것밖에 없다는 것을.

"인간이다!"

"신기하게 생겼다!"

"진짜 털이 없어!"

조인족 마을의 아이들은 아침부터 잔뜩 신이 났다. 무료하기 짝이 없는 마을에, 재미있는 장난감이 나타났으니까.

물론 그 덕에 죽어 나가는 것은 카이였다.

"애들아. 난 이제 바빠서……."

"인간이 도망친다!"

"쫓아라!"

아이들에게 한참을 시달리던 카이는 어쩔 수 없이 블리자드를 소환했다.

"부르셨습니까. 마스터."

"이 애들 좀 어떻게 해봐."

"……이 아이들 말입니까."

듬직한 블리자드는 눈에 힘을 주며 아이들을 노려보았다.

"히, 히익······."

"히끄윽······."

"괴, 괴물이다! 도망쳐!"

그 눈빛에 겁에 질린 조인족 아이들은 사방으로 도망쳤다.

"왜 애들 겁을 주고 그래?"

"죄송합니다, 마스터."

"아니, 잘했다고."

엄지를 치켜세운 카이는 마을에서 빠져나오며 블리자드와 함께 숲속 길을 걸었다.

"마스터······."

"알아."

카이가 블리자드의 말을 끊었다. 마을을 나올 때부터 미행이 붙었다는 사실은 알고 있었다.

'그 꼬맹이. 이름이 이카루스라고 했나?'

이곳에 와서 처음으로 만난 조인족이었다.

"그냥 가만히 냅둬. 거스트의 말이 맞다면, 어차피 따라오다가 말 테니까."

왜냐하면, 카이는 오늘 숲을 나설 생각이었다.

힐긋.

블리자드가 뒤를 쳐다보며 말했다.

"마스터. 계속 쫓아옵니다만."

"……그러게."

그의 말처럼 이카루스는 두 사람을 끈질기게 쫓아왔다. 제 딴에는 미행이랍시고 쫓아오는 것 같았지만 블리자드와 카이. 두 사람 앞에서 기척을 숨기기에는 그 수준이 한참이나 모자랐다.

"이상하네."

카이는 그런 이카루스의 행동에 고개를 갸웃거렸다.

'거스트는 분명 조인들이 숲 바깥으로 나가는 것을 두려워한다고 했는데.'

이카루스는 두려움을 모르는 듯, 숲의 외곽에 도착해서도 꾸역꾸역 잘도 쫓아왔다.

"어떻게 하시겠습니까?"

"일단 냅둬. 숲을 나서면 알아서 포기하고 돌아가겠지."

"예."

두 사람은 다시 걸음을 옮겼다. 그들이 위치한 숲은 굉장히 넓었다. 그도 그럴 것이 제법 거대한 섬의 대부분이 숲으로 이루어졌으니까.

"여기부터는 제가 앞장서겠습니다."

"그러든가."

곡도 한 자루를 빼든 블리자드가 선두를 자처했다. 누구도 방문하지 않은 숲의 외곽은 수풀과 덩굴이 무성했으며, 야생

짐승들의 표식도 가끔씩 보였다.

서걱!

덩쿨을 자르며 험난한 길을 뚫던 블리자드가 돌연 걸음을 멈추곤 돌아섰다.

"도착했습니다."

"오."

이에 반색한 카이는 곧장 블리자드에게 다가갔다.

"이야, 진짜 끝이네."

숲의 가장자리에 도착한 두 사람을 싱그러운 녹색 초원이 맞이했다. 바닷가의 시원한 바람이 계속 불며 초원의 잔디를 좌우로 흔들었다.

"먹구름이 잔뜩 껴있지만, 그럼에도 멋진 경치입니다."

"……그러게. 조인족들도 이 초원을 봤으려나?"

넋을 놓고 초원을 바라보던 카이가 숲의 그늘 밖으로 나가려는 순간. 뒤쪽에서 삐액 하는 소리가 들려왔다.

"나, 나가면 안 돼요!"

펄럭, 펄럭!

두 사람에게 날아온 이카루스는 그들의 손을 붙잡고는 끼깅끼리며 잡아당겼다. 땅에 철심이라도 박아넣은 듯, 제자리에서 꼼짝하지 않던 블리자드가 물었다.

"마스터. 이제 어떻게 대처해야 합니까?"

"글쎄다. 일단 이야기나 좀 들어볼까?"

이카루스의 손에 몸을 맡긴 카이는 그를 따라 다시 숲속으로 들어갔다.

"휴, 휴우……."

두 사람이 무사히 숲으로 들어온 것을 확인한 이카루스는 안도의 한숨을 쉬더니, 안타까운 표정으로 그들을 바라봤다.

"물론 두려운 심정은 알아요. 평생 섬에서 살아야 하고, 숲 밖으로는 나갈 수 없어서 답답하겠지요. 하지만 목숨을 포기하기에는 앞으로 보낼 시간들이 너무 아깝잖아요?"

그의 말을 가만히 듣고 있던 카이가 입을 열었다.

"블리자드, 해석 좀."

그러자 블리자드는 눈을 반짝이며 입을 열었다.

"아무래도 저와 마스터가 숲을 나가려는 모습을 보고, 목숨을 끊는다고 생각한 것 같습니다."

"흐음. 대체 왜?"

카이가 이해할 수 없다는 목소리로 묻자, 이카루스는 눈을 깜빡였다.

"혹시 장로님과 족장님한테 못 들으셨어요? 숲 밖으로 나가면 죽어요."

"누가 날 죽이지?"

"할리, 혹은 할리의 부하들이요."

"숲 밖으로 나오면 죽이고, 안 나오면 안 죽인다? 걔는 대체 왜 그런 귀찮은 짓을 한데?"

"그야…… 저희는 할리의 애완용 새이니까요."

이카루스가 눈을 내리깔며 서글픈 목소리로 말했다.

"숲 밖으로 나오면 죽이겠다. 하지만 자신의 새장 속에 갇혀 살면 굳이 건드리지는 않겠다. 할리가 예전에 족장님과 장로님들에게 했던 말이래요. 놈은 저희를 완전히 애완동물로 생각해요."

"새장이라, 확실히 그럴듯한데?"

"비, 비웃지 마세요!"

"그래서 그 녀석 말을 고분고분하게 들어온 건가? 지난 수백 년 동안."

"어, 어쩔 수 없잖아요. 거역하면 죽음뿐인데……."

이카루스가 몸을 잘게 떨며 중얼거렸다.

"마스터, 그는 현재 엄청난 공포를 느끼는 중입니다."

"그런 건 말 안 해줘도 보면 알아."

할리를 향한 압도적인 두려움. 그것을 실제로 목격한 카이의 눈살이 찌푸려졌다.

'이게 거스트가 말했던 건가.'

일족의 젊은 새들을 답답해하던 그의 심정이 백분 공감되었다.

'게다가 이래선 나도 곤란해.'

현재 카이는 텔레포트 스크롤을 이용해 조인족들을 구출할 수 없었다. 아무리 생각해 봐도 유일한 방법은 정면 돌파뿐.

'하지만 그것도 나 혼자 할 수 있는 방법은 아니야.'

자신이 할리와 전투를 벌일 때, 조인족들은 스스로 날아서 섬을 빠져나가야 한다.

허나 지금 같은 상태라면?

'할리를 향한 공포심이 너무 뿌리 깊이 박혀 있어. 이러면 새장의 문을 열어줘도 나가지 못할 거야.'

그들의 뼛 속 깊이 박혀 있는 공포심. 카이는 그 공포를 뿌리부터 뽑아내야 함을 절실히 느꼈다.

"그럼 조인족들은 숲을 빠져나가 본 적이 없는 거야?"

"빠져나가기는커녕 수, 숲의 외곽에 온 것도 이번이 처음인 걸요."

이카루스는 그제야 자신이 어디에 있는지를 깨달았는지, 몸을 사시나무처럼 떨어댔다.

카이가 고개를 절레절레 흔들며 중얼거렸다.

"이런 겁쟁이가 일족 최고의 반항아라니⋯⋯."

"거, 겁쟁이라뇨!"

귀 하나는 밝다.

피식 웃음을 터뜨린 카이는 몸을 비켜서며 잘린 넝쿨을 가리켰다.

"여기 처음 온 거면, 한 번 볼래? 숲의 바깥은 어떤 풍경일지."

"수, 숲의 바깥쪽이요?"

"그래. 와본 적은 없어도 상상해 본 적은 있을 거 아니야."

"그야……."

이카루스가 저도 모르게 고개를 끄덕였다. 푸르른 하늘, 눈부신 태양과 함께 그의 상상에 단골로 등장하던 것이 바로 숲의 바깥쪽이었으니까.

"뭐가 그렇게 두려워?"

"두, 두렵기는 누가……."

꾸욱.

카이는 몸을 덜덜 떨어대는 이카루스의 어깨를 지그시 눌렀다. 그와 함께 발동하는 큐어 스킬.

동시에 이카루스는 자신의 마음이 차분하게 가라앉는 것을 느끼며, 놀란 눈으로 카이를 올려다봤다.

"좀 진정됐지?"

"어, 어떻게 하신……."

"내가 원래 능력이 좀 많아."

어깨를 으쓱거린 카이는 툭툭, 이카루스의 등을 가볍게 두드렸다.

"자. 네 눈으로 직접 봐. 숲의 바깥은 과연 어떤 풍경인지. 네 상상 속 모습 그대로일지."

꿀꺽.

카이의 거듭된 설득에 이카루스의 마음이 기울었다.

'자, 잠깐만이라면……'

어른들은 숲의 바깥쪽이 끝이 보이지 않는 낭떠러지라고 했다. 게다가 강한 바람이 불고 있어 조인족의 힘으로는 날 수가 없는 지옥 같은 장소라 하였다.

'그러니까 절대 가서는 안 된다고 신신당부를 했지.'

그것이 조인족이 어린 시절부터 받는 교육이었다.

저벅, 저벅.

이카루스가 천천히. 보는 이가 답답할 정도로 천천히 덩쿨 쪽으로 걸어갔다.

이어서 덩쿨 너머의 풍경을 두 눈에 담는 순간. 이카루스의 눈동자가 더 이상 커질 수 없을 정도로 커졌다.

쏴아아아아아아아.

얼굴을 강타하는 거센 바람. 그리고 그 바람이 밀어대는 푸르른 잔디의 바다. 태어나서 처음 보는, 가슴이 뻥 뚫릴 듯한 시원한 광경이었다.

그 풍경을 눈에 담은 이카루스는 저도 모르게 한 줄의 눈물을 흘렸다.

"어…… 어어?"

본인이 왜 눈물을 흘리는지도 알지 못하는 어리숙한 꼬마.

카이는 넋을 놓은 이카루스의 머리를 가볍게 쓰다듬었다.

"멋있지? 이게 초원이라는 거다."

"초……원……."

할 말을 잃어버린 이카루스는 멍하니 초원을 바라보다가 입을 열었다.

"멋있어요…… 태어나서 이렇게 멋있는 광경은 처음 봐요……."

"네가 상상으로 그리던 숲의 밖과 현실은 다르지?"

끄덕끄덕.

이카루스가 열심히 고개를 끄덕였다.

"이렇게 멋있는 장소가…… 숲 밖에 존재했다니. 뭔가 큰 손해를 본 듯한 기분이에요."

"넌 아직 어리다."

카이의 뜬금없는 말에, 이카루스가 고개를 돌렸다.

"책에서 배운 지식과 어른들의 말에는 물론 삶의 지혜가 녹아들어 있지. 하지만 그것이 세상의 전부는 아니야."

카이는 싱그러운 초원에 발자국을 새기며 말을 이었다.

"네 눈으로 보고, 듣고, 만지고 직접 체험한 것들만 믿어."

"제가 직접……."

이카루스가 홀린 듯이 발을 내디뎠다. 하지만 숲을 나서려던 그는 누군가가 잡아당기기라도 한듯, 쉽사리 발을 떼어 내지 못했다.

"물론 네가 변화를 원하지 않는다면. 새장 속에 갇혀서 사는 것을 원한다면 굳이 무리할 필요는 없어. 하지만 기억해. 네가 변하고자 노력한다면, 그 뒤는 내가 책임질게."

"⋯⋯."

카이의 진심이 담겨 있는 말을 듣게 된 이카루스의 눈동자에 단단한 각오가 떠올랐다.

"전⋯⋯ 전 바뀌고 싶어요. 더 이상 스스로를 겁쟁이라고 비하하는 것도 싫고, 보고 싶은 것도 많아요. 숲보다 높이 날아보고 싶고, 저 먹구름 너머의 하늘이란 것과, 태양이란 것을 보고 싶어요."

"그럼 뭐 하고 있어?"

카이가 짓궂게 웃으며 하늘을 가리켰다.

"직접 보고 와. 너의 새장이 어떻게 생겼는지."

여태까지 자신이 태어나고, 자랐던 장소. 심지어 자신보다 나이가 많은 어른들조차 떠나본 적이 없던 장소.

하지만 그 장소가 어떻게 생겼는지 아는 이는 그리 많지 않았다.

'난 알고 싶어.'

푸드득, 푸드득.

각오를 세운 이카루스가 날갯짓을 시작하자 그의 몸이 조금씩 허공으로 떠올랐다. 마침내 이카루스가 허공에서 1미터 이상 날아올랐을 때.

카이는 그에게 자그마한 선물을 주었다.

"중력장."

화아아아아악!

"으, 으아아아아악!"

갑작스럽게 몸이 가벼워지며 허공으로 붕 떠버린 이카루스가 비명을 내질렀다. 태어나서 이렇게 높이 날아본 적은 없었으니까.

하지만 그것도 잠시. 매의 본능이라고 할 수 있는, 조인족의 본능이라고 할 수 있는 무언가가 그를 자극했다.

'아⋯⋯.'

그것은 해방감. 전신이 찌릿찌릿해지고, 심장이 터질 것처럼 강렬한 해방감이었다.

"나, 날고 있어. 제가 숲보다 높이 날았다구요! 하하하하!"

그 강렬한 쾌감에 엄청난 희열을 느낀 이카루스가 두 날개를 활짝 피며 허공을 날아다녔다. 그러기를 잠시, 그는 자신이 평생을 나고 자란 '새장'을 내려다보았다.

"아⋯⋯ 아아⋯⋯."

고작 저 정도 크기였던가? 자신을 묶어두고 있던 새장은.

이토록 쉬운 것을 하지 못해서, 지난 십수 년을 불만에 잠겨 있었던가?

이카루스는 눈을 질끈 감으며 크게 소리쳤다.

"나는⋯⋯! 나는 날고 있다!"

펄럭, 펄럭.

조인족 최강의 혈통을 자랑하는 매답게, 이카루스의 비행 속도는 굉장히 빨랐다.

"호오, 어떻게 생각해?"

"저 정도면 와이번으로 변한 미믹보다 빠릅니다."

"역시 그렇지? 하면 되잖아. 하면…… 음?"

자유롭게 날아다니는 이카루스를 보며 흐뭇한 미소를 짓고 있던 카이가 돌연 인상을 굳혔다.

"블리자드. 저거 뭐야?"

"음…… 가고일로 추정됩니다. 마스터."

그의 말처럼, 먹구름을 뚫고 들어온 세 마리의 가고일은 곧장 이카루스를 향해 달려들었다.

"으아아악!"

생전 처음으로 몬스터에게 공격을 받은 이카루스는 날개를 허우적거리며 추락하기 시작했다.

'부딪친다!'

이카루스는 높은 곳을 날다가 중심을 잃었을 때 어떻게 대처해야 하는지 배운 적이 없었다.

그야 가르쳐 주는 어른이 없었으니까.

'이, 이렇게 죽는 건가!'

결국 자신을 향해 빠르게 다가오는 초원을 보는 이카루스는 두 눈을 질끈 감았다.

하지만 예상했던 고통은 없었고, 이를 대신하여 부드러운 음성이 그의 귓가를 울렸다.

"난 한 입으로 두말하는 사람은 아니라서."

중력장을 이용해 이카루스를 가볍게 받아낸 카이는 자신을 멍청한 표정으로 바라보는 이카루스를 보며 낮게 웃었다.

"말했잖아? 네가 변하고자 노력한다면, 뒤는 내가 책임진다고."

"책임……? 아! 맞아! 도망쳐야 돼요!"

이카루스가 다급한 표정으로 허공을 올려다보며 소리쳤다.

"저, 저 괴물들……!"

카이가 그의 말을 중간에서 잘랐다.

"블리자드."

"예, 마스터."

"저것들. 치워 버려."

"예, 마스터."

두 자루의 곡도가 뿜어내는 예기는, 초원의 바람 앞에서 자취를 감추었다. 블리자드는 자신의 샛노란 눈으로 머리 위를 날아다니는 가고일들을 노려봤다.

"좀 도와줄까? 생각해 보니까 날아다니는 녀석들을 상대하는 건 좀 힘들 것 같아서."

카이가 질문에 블리자드는 고개를 흔들었다.

"아니요. 괜찮습니다."

후우웁, 하아아아.

블리자드가 호흡을 골랐다. 스스로의 몸을 가장 편안한 상태로 만들어주는 숨이었다. 적당히 긴장했지만, 그렇다고 과하게 힘이 들어가지도 않은 상태.

하지만 움직이고자 한다면, 자신의 명령을 충실히 들어줄 수 있는 준비된 육체. 블리자드는 호흡을 한 번 내쉬는 것으로 그 준비를 완벽하게 해냈다.

'가고일이라.'

그의 눈동자가 세 마리의 가고일들을 시야에 담았다. 리자드맨에게 있어서 하늘을 날아다니는 적은 오래전부터 골치아픈 존재였다. 그것은 블리자드에게도 마찬가지.

'하지만 그래선 안 된다.'

마스터에게 방해가 되지 않고, 그의 옆에서 도움이 되고 싶었다. 어떤 상황에서, 어떤 적을 마주하더라도 도움이 되는 존재가 되고 싶었다.

블리자드는 그것을 위해 무사 수행을 떠났다. 수많은 적들을 마주했고, 싸웠으며, 마침내 돌파구를 찾아 그들을 무너뜨렸다.

'스톤엣지 산맥의 하피들이 생각나는군.'

하피는 조인족과 매우 흡사한 외형을 지녔는데, 이성이 없기 때문에 몬스터로 분류되었다.

스릉.

블리자드가 돌연 두 자루의 곡도를 역수로 쥐었다. 예전의 감각, 바위산에서 수십 마리의 하피와 벌였던 전투의 기억이 새록새록 떠올랐다. 그때의 세포가 전신을 지배하는 듯한 기분과 함께 고양감이 올라왔다.

블리자드가 두 팔을 뒤로 쭉 뻗었다.

"크륵?"

"카악!"

가고일들이 기묘한 준비 자세에 긴장하는 순간. 블리자드는 팔을 앞으로 뻗으며 쥐고 있던 두 자루의 곡도를 던졌다.

쇄애애애애액!

곡도는 빙글빙글 돌아가며 가고일들에게 날아갔다.

"캬아아아악!"

깜짝 놀란 가고일들은 황급히 날갯짓하며 곡도를 피해냈다.

"키르륵, 키르륵."

"까까까아악!"

여유롭게 공격을 피해낸 가고일들은 이내 블리자드의 한심함을 비웃었다.

"앗, 빗나갔어요. 역시 도망쳐야……."

"이카루스. 상대방의 공격은 끝까지 봐야 돼."

카이가 미소를 지으며 말했다. 그의 말이 옳았다.

쇄애애애액!

다음 순간, 두 자루의 곡도가 나란히 8자를 그리며 되돌아왔으니까.

서걱, 서걱!

"캬아아악!"

"크르윽! 크르으으윽!"

날카로운 곡도에 뒷목이 베인 가고일 두 마리는 그 자리에서 추락했다. 전혀 예상치 못한 각도에서의 공격이었기에, 엄청난 치명타 대미지가 들어갔기 때문이다.

터억!

블리자드는 돌아오는 곡도들을 허공에서 낚아채는 신기를 보이며, 천천히 다리를 움직였다. 처음에는 마라톤을 하는 사람처럼 가볍게 움직이던 두 다리는, 점점 빨라지더니 이내 단거리 육상을 하는 사람의 다리처럼 움직이기 시작했다.

그러기를 잠시, 블리자드가 바닥을 박차고 가고일에게 점프했다.

"캬아아…… 깍…… 껙!"

콰드드득!

추락하는 가고일 한 마리에게 달려든 블리자드는 곡도 한 자루를 녀석의 입에 쑤셔 박았다. 지르던 비명마저 끊긴 가고일의 두 눈이 크게 뜨여지는 순간, 남은 한 자루의 곡도가 놈의 목을 시원하게 베어버렸다.

그것으로 끝.

블리자드는 녀석의 명치를 발판으로 삼아 다시 한번 도약하며, 다른 가고일에게 달려들었다.

"크르으으윽!"

동료의 죽음을 봤기 때문일까, 추락하던 가고일은 빠르게 날개를 펼치며 도망칠 준비를 했다.

하지만 블리자드가 한 발 더 빨랐다.

서걱!

등에서부터 몸이 X자로 베어 버린 가고일이 그대로 추락하기 시작했다.

"키륵?"

남은 것은 멀쩡한 한 마리. 녀석은 두 마리의 동료가 모두 당하자, 뒤도 안 돌아보고 도망쳤다.

"아, 한 마리 놓쳤나?"

카이가 옆머리를 긁적이며 손을 쓰려던 순간.

쇄애애애애액!

이번에는 부메랑이 아닌, 도끼처럼 날아간 곡도가 가고일의 왼쪽 날개를 그대로 찢어버렸다.

"캬아아아악!"

녀석은 남아 있는 한쪽 날개를 열심히 파닥거렸지만, 무의

미한 저항이었다.

"아, 맞다. 이것도 기억해 둬."

초원에 추락하는 가고일을 바라보며, 카이는 한 가지 가르침을 더 내려주었다.

"추락하는 것에는 날개가 있는 법이거든."

쿠우우우웅!

묵직한 소리가 초원에 울려 퍼졌다.

가고일 사냥을 끝내고 숲을 가로질러 마을로 돌아가는 길. 이카루스의 두 눈은 블리자드의 등에 자석처럼 고정되어 있었다.

카이가 조용한 목소리로 속삭였다.

"우리 블리자드 등 뚫리겠다. 왜 그렇게 쳐다봐?"

"무, 무슨⋯⋯."

당황한 표정을 지어 보인 이카루스는, 목소리를 낮추며 카이에게 물었다.

"그러고 보니 저 인간은 첫날에 없었잖아요. 카이 아저씨랑 같이 들어온 거예요?"

"우선 블리자드는 인간이 아니야. 그리고 나도 아저씨가 아니지. 한 번만 더 아저씨라고 하면 재미없을걸."

"그, 그럼 뭐라고 불러요."

"형이라고 불러."

카이가 씨익 웃으며 말하자, 이카루스는 걸음을 멈추고 그를 빤히 쳐다봤다.

"몇 살이신데요? 참고로 전 23살."

"……."

거스트만 봐도 알 수 있었지만, 조인족은 오래 사는 일족이었다.

하지만 설마 이카루스 같은 꼬맹이가 동갑일 줄이야.

'정신연령만 보면 딱 초등학생 수준인데.'

카이는 짧게 헛기침을 하며 입을 열었다.

"몇 월 생인데?"

"저 8월생이요."

"그렇지!"

두 주먹을 불끈 쥔 카이는 환한 표정을 지으며 말했다.

"역시 내가 형 맞네. 앞으로 형이라고 불러."

"……네."

마지못해 고개를 끄덕인 이카루스가 카이에게 재차 질문했다.

"그럼 저분은 인간이 아니면 뭐예요?"

"리자드맨."

"리자드맨? 그들은 다 저분처럼 강한가요?"

"그럴 리가. 우리 블리자드가 강한 편이지."

"역시. 싸우는 모습을 보고 그럴 것 같다고 막연히 생각하기는 했어요."

"그럼, 그럼."

카이는 마치 제 자식 자랑을 듣는 팔불출 아빠처럼 가슴을 쫙 폈다.

"나중에 기회가 되면 미믹도 보여줄게. 데스몬드는…… 어…… 음. 걔는 그냥 안 보는 게 낫겠다."

"아하. 지난번에 아저…… 아니, 카이 형이 말한 그 와이번이랑 뱀파이어 로드요?"

"새인데 기억력이 참 좋단 말이야."

이카루스가 고개를 절레절레 흔들었다.

"네네, 어련하시겠어요."

그는 아직도 카이가 그런 대단한 존재를 소환할 수 있다는 것을 믿지 않았다. 심지어 블리자드가 그의 소환수라는 사실도 모르는 상태였으니까.

"마스터, 도착했습니다."

마을에 도착한 카이는 이카루스의 등을 두드렸다.

"오늘 고생했다."

"……후우. 그런 엄청난 광경을 보고나니 마을이 너무 답답해 보여요."

"그렇다고 혼자 나가면 큰일 난다? 아까처럼 가고일들한테 공격당할 수도 있어."

그러자 아까 전의 기억을 떠올린 이카루스가 몸을 부르르 떨었다.

"으으. 그 녀석들 싫어요. 맞은 곳이 아직도 욱신거려요."

"정 그러면, 나중에 거스트 님한테 한 번 찾아가 보지그래?"

"족장님은 왜요?"

"왜긴. 조인족의 전투법을 가르쳐 줄 수 있는 사람이 그밖에 더 있겠어?"

"……아!"

카이의 말에 무언가 깨달음을 얻은 이카루스가 고개를 꾸벅 숙였다.

"형 말이 맞아요. 저녁에 한번 찾아가 봐야겠어요. 고마워요!"

"고맙기는. 아! 그리고 형이 부탁 하나만 할까?"

"무슨 부탁이요?"

이카루스가 고개를 갸웃거리며 물었다.

그러자 카이가 은근한 목소리로 말했다.

"오늘 네가 본 엄청난 광경들. 설마 치사하게 혼자 간직할 건 아니지?"

"그래도…… 말해봤자 아무도 안 믿을 텐데요."

"이걸 보여줘도 안 믿을까?"

카이가 가고일의 흉측한 날개를 꺼내 들고 살살 흔들었다.

그러자 이카루스의 눈동자가 초롱초롱하게 빛났다.

'저, 저것만 있으면…… 평소에 날 바보 취급하던 녀석들에게도 자랑할 수 있어!'

"어때. 줄까?"

"주, 주세요!"

"대신 약속해야 해. 오늘 네가 본 광경을 토씨 하나 빠뜨리지 않고 친구들에게 말해주기로."

"꼭 할게요! 아니, 시켜만 주세요!"

"좋아. 그럼 이 날개는 지금부터 네 거다."

"고마워요, 형!"

가고일의 날개를 받아든 이카루스가 호수 위를 날아가자, 블리자드가 다가오며 물었다.

"마스터. 이제 어쩔까요."

"기다려야지."

"무엇을 말입니까?"

블리자드의 질문에, 카이는 뒷짐을 지고 호수를 바라보며 부드러운 미소를 지었다.

"발 없는 말이 움직이는 걸 기다려야지."

소문. 카이가 기다리는 것은 소문이 퍼지는 것이었다.

이카루스는 당장 친구들이 모이는 공터로 날아갔다. 어른들이 나무를 깎아놓은 일종의 놀이터였는데, 할 게 없는 조인족의 아이들은 하루의 대부분을 이곳에서 시간을 보내곤 했다.

"어? 이카루스다."

"뭐야. 요즘 안 보이더니, 갑자기 무슨 일이래?"

솔직하게 말해서 이카루스는 친구가 많은 편이 아니었다.

자신은 물론 조인족 전체를 겁쟁이 취급하는 사람이 인기인이 될 수는 없었으니까.

펄럭!

공터에 내려앉은 이카루스는 평소와 다를 바 없이 시간을 죽이고 있는 친구들을 바라봤다.

"이카루스, 오늘 무슨 일 있냐? 기분이 좋아 보이네."

친구 하나가 말을 꺼내자, 이카루스가 후후 웃으며 가고일의 날개를 그들 앞에 내놓았다.

"너희들. 이게 뭔지 알아?"

"응? 이게 뭐야."

"날개인데?"

"누구 날개지?"

"음…… 왜 날개에 털이 없지?"

가고일의 날개는 기본적으로 박쥐의 그것과 쏙 빼닮아 있었다. 때문에 조인족의 날개처럼 깃털로 덮여 있을 리가 없었다.

이카루스는 호기심을 드러내는 친구들에게 오늘 자신이 겪었던 일을 얘기해 주었다.

"에이, 말도 안 돼."

"평소에 하도 망상을 하다 보니 이제 헛것도 보나 봐?"

"맞아. 숲 밖으로 나가면 죽는다고 어른들이 그랬어."

친구들이 답답한 소리만 늘어놓자, 이카루스가 가고일의 날개를 흔들었다.

"그럼 이건 뭐라고 생각하는데? 이건 가고일이라는 몬스터의 날개라고."

"몬스터……?"

"그래. 너희도 족장님과 장로님들이 옛날 얘기를 해주실 때 들었지? 세상에는 몬스터라고 불리는 아주 무시무시한 괴물들이 있다고."

"그치만 그분들이 하시는 말씀은 다 거짓인걸."

"거짓말이 아니야."

이카루스는 긴가민가하는 친구들에게 열변을 토했다.

그렇게 평화롭던 조인족 마을에 새로운 바람이 불기 시작했다.

칠흑의 해역.

시 서펜트 할리는 그곳을 지배하고 있는 절대자였다. 그는 뮬딘 교의 손에 의해 인공적으로 만들어진 괴물이였지만, 그 본성이 어디 가지는 않았다.

뮬딘 교는 할리를 만들어낼 때, 동대륙의 용을 베이스로 하되 최대한 드래곤을 카피하려고 노력했다. 그 결과, 할리는 드래곤처럼 막강한 힘과 더불어 그들의 탐욕까지 쏙 빼닮게 되었다. 모든 드래곤들이 저들만의 '레어'를 가지는 것처럼, 할리도 자신만의 레어를 가지고 있었다.

총 120개의 섬으로 이루어진 군도. 스스로 명명하기를 칠흑의 군도라 불리는 장소가 바로 그의 레어였다.

그리고 드래곤의 레어를 말할 때 빠질 수 없는 것이 바로 가디언. 둥지의 주인이 자리를 비우면 레어를 지키는 수문장 역할을 하는 존재였다. 물론 칠흑의 군도에도 그런 역할을 맡고 있는 존재가 있었다.

"할리 님. 보고드릴 것이 있습니다."

-무슨…… 일이냐…….

7미터의 거대한 신체는 흑암으로 이루어져 무엇보다 단단해 보였다. 심지어 뒤쪽으로 가지런하게 접힌 네 쌍의 날개는 그가 비행할 수 있는 존재임을 간접적으로 알려주었다.

가고일들의 왕, 카즈룬. 그가 바로 칠흑의 군도의 가디언이었다.

"36번째 섬. 일명 '새장'으로 보냈던 가고일 세 마리의 반응이 소실되었습니다."

-흐음……? 왜…… 그곳으로 가고일들을…… 보냈지……?

"새장을 나온 존재가 감지되어서 이를 확인하기 위해 보냈습니다."

-재미있군…… 그러고 보니…….

번뜩.

감겨 있던 할리의 거대한 눈동자가 뜨여졌다. 그리고 어제 자신을 찾아왔던 건방진 인간을 떠올렸다.

'그 애송이가 떨어진 곳도 분명 새장이었지…….'

어쩌면 숲을 빠져나온 것이 그 인간일지도 모른다는 생각이 들었다.

-큰…… 신경을…… 쓸 필요는 없을 터…… 새장을 빠져나오는 존재만…… 확실히 처리하라.

"할리님의 명을 받들겠습니다."

다음 순간 할리는 새장에 갇혀 있는 조인족들과, 그곳으로 들어간 한 명의 인간을 기억 속에서 지워 버렸다. 그도 그럴 것이 지렁이는 아무리 모여도 용이 될 수는 없는 법이니까.

✳

초원에 대한 정보는 이카루스의 입을 통해 순식간에 퍼져나 갔다. 애초에 조인족이 가질 수 있는 취미라고는 사냥 또는 낮 잠 정도 밖에 없었기에, 초원에 대한 관심은 금세 뜨거워졌다.

처음에는 모두가 이카루스의 말을 의심했으나, 그가 증거물로 제시하는 가고일의 날개. 그것이 조인족들로 하여금 '혹시?' 라는 생각을 품게 만들었다.

결국 조인족들이 초원을 두 눈으로 확인하겠다고 나선 것은 당연한 수순.

"이, 이카루스가 말하던 초원이 이것인가……."

"좀 비켜보게, 나도 좀 보세."

"아, 자꾸 밀지 마세요."

일전에 카이와 블리자드가 개척해놓은 길을 따라서, 수백의 조인족들이 초원 구경에 나섰다. 그 모습을 멀찍이 떨어져서 바라보던 블리자드가 고개를 돌리며 물었다.

"마스터. 기다리신다는 게 이것이었습니까?"

"응. 왜냐하면, 저들의 마음속에는 공포가 박혀 있으니까."

그 상태에서 섬을 탈출하자고 강요해 봤자, 반발만 생길 뿐이다.

"하지만 저는 이해가 되질 않습니다. 저들의 공포심과 초원을 보는 것 사이에 무슨 상관이 있는 것입니까?"

블리자드의 질문에 카이는 낮은 웃음을 흘렸다.

"블리자드, 공포 극복에 가장 필요한 것이 뭔지 알아?"

"음…… 용기입니까?"

"그건 조금 더 나중의 일이야. 공포를 극복할 때 가장 먼저 느껴야 하는 건……."

카이의 두 눈이 초원을 멍하니 쳐다보는 조인족들을 바라봤다.

"반발심."

"반발심이요?"

"내가 왜 공포에 질려서 이걸 참아야 되지? 내가 왜 그래야 하지? 어라, 생각해 보니 좀 기분 나쁜데……? 아니, 생각할수록 엿 같네? 이런 생각을 떠올리게 만들어주는 것이 바로 반발심이거든."

"아!"

블리자드가 고개를 끄덕이며 카이의 지혜에 감탄했다.

"역시 마스터는 대단하십니다. 어떻게 그런 사실을 알고 계십니까?"

"뭐. 옛날에 학교 다닐 때 괴롭힘당하는 친구들을 도와준 적이 있어서 제법 알고 있지."

어깨를 으쓱거리는 카이에게 블리자드가 재차 질문했다.

"그럼 이다음 순서는 어떻게 됩니까?"

"첫 번째 단추는 성공적으로 끼워 넣었어. 조인족에게 자유라는 이름의 갈증을 느끼게 만들었으니까. 하지만 잠깐의 반발심이 수백 년 동안 느끼던 공포를 밀어낼 수 있을까?"

"불가능할 것이라 생각합니다."

"빙고, 그러니까 이쪽에서는 계속해서 보여줘야지."

"보여주다니, 뭘 말입니까?"

"저들을 억압하는 존재들. 그들이 사실은 뭣도 없는 놈들이라는 걸."

"그 말씀은……?"

블리자드가 눈을 반짝였다.

이에 카이는 고개를 끄덕이며 말했다.

"공포스러웠던 존재가 허무하게 쓰러지는 걸 바라보는 것. 그것이 두 번째 단추가 될 거야."

"더 빠르게!"

후우웅!

"변화가 느리다. 조인족은 이 세상 그 어떤 종족보다도 자유로운 혼을 지닌 이들. 너의 움직임에 한계란 없다. 조금 더 자유롭게 움직여라!"

거스트의 입에서는 평소의 인자하던 목소리가 나오지 않았다. 혹독한 훈련 교관의 목소리가 줄기차게 쏟아지며 이카루스를 단련시켰다.

'으으…… 죽을 것 같아.'

이카루스가 아무리 나는 것을 좋아한다지만, 지금 배우는 훈련은 아예 차원이 달랐다. 그건 물에서 노는 것을 좋아하는 사람이 수영을 본격적으로 배울 때 느끼는 기분과 흡사했다.

하지만 효과가 영 없는 것은 아니었다. 이카루스를 바라보는 거스트의 눈빛은 날카로웠지만, 현재 그는 누구보다 놀란 상태였다.

'이 녀석, 골칫덩어리인 줄만 알았는데…….'

그의 날개 근육은 그 어떤 조인족보다 유연했고, 동시에 질겼다. 그 말은 똑같이 한 번 날갯짓을 할 때 힘을 절약하면서, 더 멀리 날아갈 수 있다는 뜻. 심지어 이카루스는 매답게 비행 속도 또한 발군이었다.

'지금은 힘들어할 수밖에.'

이카루스는 지금껏 근본 없이 앞으로 빠르게 날아가는 것만을 일삼아 왔다. 그랬던 녀석이 인제 와서 변화 많고, 자유로운 비행을 익히려고 하니 얼마나 힘이 들까.

'하지만 내가 가르치는 것들을 모두 흡수하게 된다면…….'

하늘의 제왕이라는 말에 어울리는 존재가 될 것이다.

'게다가…… 결전의 날이 오는 것이 머지않았다.'

세계의 구원자라 불리는 사도가 방문했다. 그것은 오랜 시간 새장에 갇혀 있던 조인족들이, 드디어 날개를 활짝 펼 시간이 되었다는 뜻.

"이카루스! 거기선 날개를 접고 더 빨리 움직여라!"

"크윽…… 네!"

거스트가 훈련 강도를 조금 더 높였다.

조인족들에게 초원이라는 장소가 공개된 지도 한 달이라는 시간이 흘렀다. 그 시간 동안 이카루스에게는 많은 변화가 있었다.

우선 몸. 일전의 여리여리하던 몸은 최근 한 달 동안 누가 봐도 놀랄 정도로 성장한 상태였다.

키가 크고, 근육양이 늘어났다.

최근 젊은 조인족들은 이카루스를 마주할 때마다 깜짝깜짝 놀랐다. 그에게서는 일족의 어른들을 마주했을 때나 느낄 법한 기운이 느껴졌으니까. 그것은 조인족 전사가 지닌 특유의 날카로운 기세였다.

"그러고 보니 슬슬……."

마을의 호수에서 가볍게 목을 축인 이카루스는 그 길로 마을에서 제법 떨어진 공터로 향했다.

"왔는가."

그를 기다리고 있는 것은 한 때 동경의 대상이었던 블리자드였다. 물론 지금은 동경보다는 두려움의 대상이 된 지 오래였다.

"와라."

거스트에게 조인족으로서의 움직임과 비행 수업과 이론을 배우고 나면. 블리자드에게는 그 배움을 쏟아내며 하나씩 자신의 것으로 만들었다.

물론 블리자드가 전력으로 그를 상대하는 것은 아니었다.

까딱까딱.

두 발을 움직이지 않은 채, 한 손으로는 뒷짐을 지고 있는 블리자드. 그의 '한 손'을 뚫고 그의 목에 걸린 목걸이를 빼앗는 것. 그것이 실전 교육이었다.

"그럼 갑니다."

이카루스가 두 날개를 넓게 펼치며 도약을 준비했다. 다음 순간, 눈을 빛낸 이카루스가 두 날개를 강하게 움직였다.

파아아앙!

그가 서 있던 바닥의 흙이 비산했고, 이카루스의 신형은 엄청난 속도로 블리자드에게 날아갔다. 물론 블리자드는 당황하지 않고, 한 손을 침착하게 휘둘러 이카루스의 발톱을 튕겨냈다.

"거스트님이 이렇게 무식하게 돌진하라고 가르치시던가?"

"그럴 리가요."

튕겨 나간 이카루스가 돌연 허공에서 360도를 돌며 두 발을 뻗어냈다.

콰드드드득!

이를 한쪽 팔로 막아낸 블리자드의 몸이 뒤로 쭈우욱 밀려났다. 블랙 리자드맨의 단단한 비늘이 아니었다면, 피부가 찢어졌을 만큼 날카로운 발톱 공격이었다.

이카루스는 자신의 공격이 막히자 미련 없이 그의 팔을 놓으며, 몸을 360도로 회전시켰다.

이번에는 횡으로.

"음⋯⋯!"

블리자드는 황급히 팔을 들어 자신의 시야를 가득 메운 360도 회전 발차기를 막아냈다.

찌릿찌릿.

막아낸 팔뚝에서 아릿한 통증이 느껴질 정도로 강력한 공격이었다.

하지만 블리자드는 웬만한 플레이어조차 가볍게 이겨 버리는 강력한 소환수.

"이 정도로는 어림없다."

콰아아앙!

블리자드가 이카루스의 발목을 붙잡고는 그대로 땅에 처박아 버렸다.

"쿨럭! 쿨럭!"

이카루스가 연신 기침을 토해내자, 블리자드는 그의 발목을 놓으며 나지막한 목소리로 말했다.

"시도는 좋았지만 움직임이 너무 크다. 공격이 막혔을 때의 대안도 없고."

"이게 목숨을 노린 거였다면 블리자드 네 말이 맞지."

한 줄기의 음성이 블리자드의 말에 반박하고 나섰다.

"마스터……?"

블리자드가 이해할 수 없다는 목소리로 되묻자, 둘의 전투를 지켜보던 카이가 씨익 웃었다.

"하여튼 어린이들의 잔머리는 예측할 수가 없다니까."

"그게 무슨…… 설마?"

블리자드가 황급히 자신의 목을 내려다봤다.

당연히 걸려 있을 거라 생각했던 목걸이는 없었다.

"헤헤……."

오히려 누워서 신음을 흘리던 이카루스가 실실 웃으며 왼팔을 흔들었다. 그의 손아귀에는 목걸이가 쥐어져 있었다.

"도대체 언제?"

"블리자드. 적과 마주했을 때는 그 대상의 특성을 알아내는 것도 중요해."

"조인족의 특성이라면 비행을 할 수 있다는 것과 빠른 움직임이 아닙니까?"

"거기에 두 가지 더 있지."

카이가 바닥에 떨어져 있는 날카로운 깃털을 주우며 이를 살랑살랑 흔들었다.

"바로 깃털을 투척 무기로 사용할 수 있다는 것."

"그렇다면……."

"운이 좋았죠."

이카루스가 자리에 앉으며 숨을 골랐다.

"360도로 회전을 할 때, 블리자드 님의 시선은 제 회전 발차기에 온전히 쏠려 있었잖아요."

"아아…… 그때인가."

설마 그 순간 깃털을 발사해 목걸이를 끊어버릴 생각을 하다니.

"마스터의 말대로, 잔머리가 뛰어나군. 하지만 그것은 불리한 전투를 뒤집을 수 있는 전사의 능력 중 하나. 이번에는 나의 패배로군."

블리자드가 시원하게 자신의 패배를 인정했다.

이카루스는 부끄럽다는 표정으로 손을 붕붕 휘저었다.

"무슨 말씀이세요! 블리자드 님이 전력으로 임하셨으면 저 같은 건……."

"너무 겸손할 필요는 없어. 애초에 그런 룰이었으니까. 당당하게 승리를 즐겨."

"승리……."

이카루스가 그 단어를 입안에서 몇 번이고 곱씹어보았다.

당연한 말이지만, 그가 태어나서 처음으로 맛보는 승리감이었다.

'카이 형이랑 알고 난 뒤로 처음 느끼는 감정이 참 많다니까.'

감사한 마음을 느끼며 자리에서 일어난 이카루스가 카이에게 물었다.

"그러고 보니 형이 지난번에 그러시지 않았어요? 블리자드에게 목걸이를 빼앗으면 부탁할 일이 좀 있다고."

"아아, 그랬지."

환하게 웃어 보인 카이가 입을 열었다.

"너, 좀 날아다녀야겠다."

이카루스가 거스트, 블리자드와 함께 훈련을 하는 한 달이라는 시간. 그동안 조인족들 사이에서는 새로운 유행이 생겼다.

바로 숲을 돌아다니며 버섯이나 과일, 채소 등을 준비한 뒤, 숲 가장자리에 앉아 드넓은 초원을 바라보는 것이었다.

　"앗…… 엄마. 초원을 바라보고 있으니 가슴이 뭔가 시원해. 뭔가 빵하고 뚫리는 기분이야!"

　"호호. 너도 그러니?"

　"초원이라는 것은 몇 시간을 보아도 질리지가 않는군."

　"심지어 바람이 이렇게 강하게 부는 곳이 있다니…… 아아, 잠이 저절로 오는구나."

　조인족의 특성상 바람과의 상성은 최상. 당연히 바람이 강하게 부는 바닷가 섬의 초원은 그들의 핫 플레이스가 되었다. 물론 대다수의 조인족이 보는 것만으로 만족할 때, 그 이상을 바라는 이들도 있었다.

　'이렇게 보는 것만으로도 기분이 좋은데……'

　'위에서 내려다보면 어떤 기분이 들까?'

　'이카루스 녀석은 그걸 실제로 해봤다고 하던데. 그러고도 멀쩡한 걸 보면…… 괜찮은 거 아닌가?'

　발전이란 호기심에서 시작된다는 말이 있다. 조인족, 특히 젊은 조인속들은 끓어오르는 혈기를 주체하지 못하고 있었다. 왜냐하면, 태어나서 지금까지 쭉 손바닥만 한 숲에 갇혀서 생활했으니까.

　하지만 날고 싶다는 생각만 가득할 뿐. 그것을 실천으로 옮

길 용기를 지닌 조인족은 없었다. 애초에 그 정도 용기 있는 자가 있었다면, 숲 밖의 초원을 아무도 몰랐을 리는 없었으니까.

"아아, 날고 싶다."

"진짜 끝내주는 기분일 텐데."

젊은 조인족들이 매번 초원 위를 비행하는 그림만을 머릿속으로 그릴 때.

한동안 두문불출하던 이카루스가 숲의 외곽 지역에 나타났다.

"웅? 이카루스 녀석, 요즘 보기 힘드네."

"……잠깐. 그런데 이카루스가 저렇게 키가 컸던가?"

모두가 고개를 갸웃거리는 순간. 이카루스는 드넓은 초원을 바라보더니, 말릴 틈도 없이 날개를 펼쳤다.

펄럭!

"저, 저놈이 대체 무슨……!"

"이카루스! 위험하다! 지금 당장 내려와야 하는데."

조인족의 아이가 마을의 금기를 어기고 숲을 나가 자유롭게 날갯짓을 한다. 심지어 초원을 내려다보며 그 어느 때보다도 즐겁다는 눈빛을 비추는 중이었다.

지금 당장 법을 어긴 그를 야단쳐야 하지만, 그의 자유로운 모습은 눈이 부실 정도로 멋있었다. 자유롭게 숲보다 높은 하늘을 비행하는 그 모습은, 조인족들의 가슴에 조그마한 불씨를 지폈다.

※

"아아, 이 기분이야!"

이카루스는 황홀한 표정을 지으며 힘껏 날갯짓했다.

지난 한 달간, 이 기분을 잊지 못해 죽기 살기로 훈련을 했던 기억이 떠올랐다.

두 눈을 가득 채우는 푸르른 초원. 게다가 자신을 부럽다는 시선으로 바라보는 조인족들까지! 세상의 주인공이 된 것 같은 기분과 함께, 이카루스는 마음껏 자신의 비행을 뽐냈다.

그런 그를 바라보는 조인족들의 마음은 세차게 흔들릴 수밖에 없었다.

"저, 저거 괜찮은 건가?"

"진짜 즐거워 보이네……."

"이카루스도 하는데, 우리라고 못할 거 있어?"

"그, 그렇지? 그럼 나도 한 번 날아볼까?"

하나, 둘.

쭈뼛거리면서 날개만 움찔거리던 조인족들이 천천히 날갯짓을 하기 시작했다. 가장 먼저 행동에 나선 것은 혈기를 주체하지 못하던 젊은 조인족들이었다.

펄럭! 펄럭!

숲을 빠져나와 허공으로 솟아오르는 수십의 조인족.

이카루스는 그들을 반기듯 쾌활한 날갯짓을 선보였다.

"나, 날고 있다…… 하늘을 날고 있어!"

"으하하하! 이거 기분 죽이는데?"

"크으윽…… 젠장……."

"어라? 울어요?"

"울기는 누가!"

저마다의 기쁨을 표시하는 조인족들. 본인의 의지로 새장을 벗어난 새들은 드넓은 하늘을 날아다니며 자유를 누렸다.

하지만 그것도 잠시.

파아앙! 파앙!

먹구름을 뚫고 들어온 가고일들이 새빨간 눈을 빛내며 포효했다.

"캬아아아악!"

"크라락!"

"뭐, 뭐야 저것들은!"

"저 날개는…… 이카루스가 보여줬던 날개잖아?"

새장을 빠져나온 새들을 징벌하기 위해 파견된 가고일들.

이카루스는 다급한 표정으로 지상을 내려다보았다.

카이와 블리자드, 두 사람의 도움이 절실했기 때문이다.

하지만 그들은 마치 땅에 못이라도 박아놓은 듯 움직일 생각조차 안 했다.

'왜…… 왜? 어째서?'

조인족을 구원해 줄 것이라고 믿었던 은인들이, 어째서 위기의 순간에 도와주지 않는 거지?

이카루스는 공격을 받고 꽁무니를 빼는 일족들을 보며 표정을 일그러뜨렸다.

"정말 괜찮겠습니까?"

블리자드가 살짝 걱정된다는 목소리로 물었다. 그도 그럴 것이, 카이가 그들을 도와주지 않겠다는 말을 꺼냈으니까.

"너무 위험하면 어쩔 수 없이 나서야지. 하지만 우선은 이카루스에게 맡겨보려고. 그러려고 훈련한 거잖아? 자질도 좋고, 배움도 빨라."

"하지만 고작 한 달이 지났습니다, 한 달."

블리자드의 설득이 계속되자 카이는 못 참겠다는 듯 웃으며 그를 쳐다봤다.

"너 되게 재미있다?"

"……예?"

"일단 팔이나 내놔."

블리자드가 황급히 팔을 뒤쪽으로 숨겼지만, 카이는 이를 낚아채며 그의 비늘을 확인했다. 블랙 리자드맨 특유의 강력하고 단단한 비늘은 잔뜩 균열이 나 있는 상태였다.

"이거 봐, 이거. 내가 모를 줄 알았어?"

"부, 부끄러운 모습을 보여 드려 죄송……."

"부끄럽기는. 이카루스의 말처럼 너가 전력으로 임한 것도 아닌데 뭘."

이카루스와의 실전 연습에서 당한 상처다. 햇살의 따스함을 통해 블리자드의 상처를 치료한 카이가 물었다.

"자, 다시 물어볼게. 너에게 이 정도의 상처를 낼 수 있는 존재가 과연 가고일에게 당할까?"

"……하지만 그에게는 경험이 부족합니다."

"그래, 그러니까."

카이는 맑은 눈빛으로 위기에 빠진 조인족들을 향해 날아가는 이카루스를 쳐다봤다.

"지금부터라도 채워야지."

"이, 이것들 뭐야! 왜 갑자기 공격을……!"

"크윽! 저리 가!"

가고일들의 공격을 받은 조인족들은 속수무책으로 당했다. 애초에 하늘을 날지 않는 그들은 비행전을 배운 적이 없었기 때문이다.

반면 가고일들은 칠흑의 군도를 관리하는 몬스터들!

가고일들은 과거 하늘의 제왕이라 불리던 조인족들을 동네북처럼 두드려 팼다.

"크윽, 손톱, 발톱에 긁히면 아프긴 하지만…… 치명상을 입을 정도는 아니야."

"모두 그냥 버티면서 도망쳐!"

"숲으로 들어가면 우리를 찾지 못할 거야!"

잔뜩 겁을 먹은 조인족들이 숲으로 돌아가기 위해 날갯짓을 했다. 그러던 중, 가고일 하나가 아직은 어린 조인족 소녀의 앞을 가로막았다.

"크라락!"

"꺄아아악!"

어린 조인족들의 깃털은 계속해서 성장한다. 그 과정에서 조인족은 자신의 깃털을 더 날카롭게 만들거나 부드럽게, 혹은 더 단단하게 만드는 법을 배운다.

하지만 아직 어린 소녀는 그러한 지식을 갖기엔 나이가 너무 어렸다. 때문에 가고일의 날카로운 발톱이 자신을 향할 때,

그녀는 눈을 질끈 감았다.

"아, 안젤라!"

숲의 가장자리에 서 있던 그녀의 언니가 두 발만 동동 구르며 부르짖었다.

그 순간.

콰드드득!

마치 동굴 벽이 무너지는 소리와 함께, 가고일의 날개 한쪽이 그대로 떨어져 나갔다.

"크랴아아아아악!"

비명을 토해내며 추락하는 가고일. 그 강력한 한 방을 먹인 것은 다름 아닌 이카루스였다.

"허억, 허억……."

이카루스는 멍한 표정으로 추락하는 가고일을 바라봤다.

본인이 해놓고도 차마 믿을 수 없다는 기색.

"고, 고마워요 오빠!"

눈물을 글썽거린 안젤라는 그 와중에도 고개를 꾸벅 숙이더니 숲을 향해 도망쳤다.

'통한다…….'

하늘을 부유하던 이카루스가 문득 자신의 몸을 내려다보았다.

지난 한 달간의 훈련으로 부쩍 성장한 몸. 그 과정에서 자신은 과거 조인족의 전사들이나 배웠을 법한 기술들을 모두 터득했다.

거스트 족장은 과거 숱한 전장을 겪으며 단련된 베테랑 전사. 그는 자신의 모든 정수를 아낌없이 이카루스에게 전수했다.

그뿐만이 아니었다.

'블리자드님······.'

전투라는 것은 이론만 배운다고 단시간에 이렇게 늘어나기가 쉽지 않다. 현재 이카루스가 이 정도의 실력을 드러낼 수 있는 건, 블리자드의 공헌이 실로 지대했다.

'마지막으로 카이 형까지.'

이카루스의 두 눈동자에 결의가 치솟았다.

"······감사합니다. 정말 감사합니다."

그는 왜 두 사람이 조인족들을 도와주지 않았는지를 알 수 있었다.

'나를 이렇게까지 믿어주시는구나.'

가고일을 무찌를 이는 다름 아닌 자신이라고. 그들은 눈빛으로, 행동으로 말한 것이나 다름없었다.

'그렇다면 이게 진정한 실전 테스트네요.'

지금까지 블리자드와 해왔던 것이 예행연습이라면 이것은 진정한 의미의 실전이었다.

'그렇다면······.'

펄럭!

이카루스가 자신의 날개를 더 활짝 펼쳤다. 순백의 날개는 먹구름 아래에서도 반짝일 정도로 고고했고, 눈부셨다.

"캬아악!"

"크라아악!"

조인족을 사냥감으로 보던 가고일들의 시선이 이카루스에게 집중되었다. 조인족 중에서는 처음으로 자신들에게 반항한, 건방진 사냥감이었으니까.

"키야아아아악!"

가고일들이 단단한 날개로 이카루스에게 날아들었다.

하지만 기본적으로 가고일들은 돌로 만들어진 존재.

'저 녀석들의 움직임은 무거워.'

거스트 족장님은 항상 말했다.

'더 빠르게.'

파아아아아앙!

그들을 향해 마주 날아가는 이카루스의 속도가 음속을 돌파했다. 가고일들은 날개가 달려 비행을 할 수 있다뿐이지, 이카루스처럼 빠르게 날지는 못했다. 아니, 대부분의 조인족이라 한들 그처럼 빠르게 날 수 있는 이는 많지 않았다.

"캬르륵!"

결국 아홉 마리의 가고일들은 이카루스의 속도를 따라잡지 못하자 포위망을 형성했다.

촘촘한 거미줄처럼 대열을 맞춰 날아오는 가고일들.

'조인족은 누구보다도 자유롭다. 더 자유롭게……!'

음속 비행을 하던 이카루스가 도중 돌연 날개를 세로로 세웠다. 동시에 그의 속도가 대폭 줄어들더니, 직각으로 꺾어지며 위쪽을 향해 날아갔다.

"캬, 캬아악!"

위쪽에 위치하던 가고일이 비명을 질렀다.

설마 그 각도에서 자신에게 날아오다니?

하지만 잘 훈련된 가고일은 본능적으로 발톱을 내리그었다.

이카루스가 지닌 매의 눈이 번뜩였다.

'공격로가 단순해. 그리고 결정적으로…… 너무 느려.'

촤악!

이카루스의 날개를 한쪽만 펼치자, 그의 몸이 빙글 돌아가더니 공격을 가볍게 피해냈다. 피했으면 자신의 차례.

휘리리릭!

날갯짓을 통해 몸을 360도로 회전시킨 이카루스의 회전 발차기가 가고일의 머리에 작렬했다.

콰아아아아아앙!

바위가 부서지는 소리가 들리더니, 가고일의 머리가 시원하게 박살 났다.

"어때? 감상은."

"……훌륭합니다."

지상에서 이카루스의 전투를 바라보던 카이와 블리자드가 담소를 나누었다.

이카루스가 열 마리의 가고일을 모두 처치하는 데 걸린 시간은 18분. 두 사람의 기준으로는 상당히 느린 시간이었지만, 이카루스는 이것이 첫 전투였다. 그것을 감안하면 합격점을 줄 수밖에 없는 훌륭한 결과였다.

펄럭, 펄럭.

이카루스가 순백의 날개를 느릿하게 저으며 숲으로 돌아왔다. 지상에서 그를 쳐다보던 조인족들은 멍한 표정으로 그의 귀환을 조용히 반겼다.

'내, 내가 뭘 잘못했나?'

그들의 시선에 부담을 느끼는 이카루스에게, 카이가 다가갔다.

"수고했다. 멋있었어."

"……제가 멋있었어요?"

"물론이지. 네가 조인족들을 위기에서 구해냈잖아? 안 그러니?"

카이가 제 옆에 서 있는 조인족 소녀, 안젤라에게 물었다.

그녀는 자그마한 머리를 끄덕이며 크게 외쳤다.

"맞아요! 정말 고마워요, 이카루스 오빠!"

그녀의 감사 인사가 시작이 되었다.

가장 먼저 눈물을 펑펑 흘리던 안젤라의 언니가 와서 이카루스에게 감사를 표시했고 이어서 수많은 조인족들의 그의 영웅적 활약을 칭찬했다.

"어, 어어……."

이카루스는 조인족을 겁쟁이라고 생각하며 그들과 거리를 두고 생활하던 존재. 당연히 이 정도로 많은 관심과 축하, 그리고 고맙다는 인사를 받은 적은 처음이었다.

"후아…… 전투보다 이게 더 지치네요."

조인족들이 모두 마을로 돌아가자, 이카루스는 그제야 바닥에 철푸덕 쓰러졌다.

"하지만 기분은 좋지? 좋은 일을 하고, 누군가에게 감사를 받는다는 거."

낮은 웃음을 흘린 카이가 물었다.

이카루스는 곰곰이 생각했다.

"……."

정말 그랬다. 카이 형의 말이 사실이었다. 아까부터 심장이 쿵쿵 뛰는 이유가 무엇인지 몰랐는데, 그 말을 듣고 나니 확실해졌다.

'기쁘다…… 기분이 좋아.'

누군가에게 도움을 주었다는 사실. 위기에 처한 이들을 도와주고, 그들에게 감사의 인사를 받던 순간. 정신없이 폭풍처럼 지나간 시간이었지만, 그들의 고마운 마음은 자신에게 확실히 전해졌다.

그 감정은 아직까지 가슴에 선명하게 남아 심장을 세차게 뛰게 만들었다. 이런 기분은 처음이었다.

"뭔가…… 좋네요. 누군가를 도와준다는 건. 누군가에게 진심을 선물 받는다는 건……."

"그렇지?"

카이가 해맑게 웃으며 이카루스에게 손을 내밀었다.

"전사가 된 걸 축하한다. 이카루스."

이카루스는 씨익 웃으며 그 손을 강하게 마주 잡았다.

"……그렇게 되었으니, 이제 슬슬 날을 잡아야겠습니다."

"으음……."

카이와 독대를 나누던 거스트가 신음을 흘렸다.

"물론 최근 일족 중 일부가 바깥세상에 대한 동경을 강하게 느끼는 건 사실이오. 게다가 이카루스라는 영웅의 탄생으로 용기도 얻었고, 가고일에 대한 두려움도 줄어들었지."

"물론 모든 조인족들이 완벽하게 준비되지 않았다는 건 압니다. 하지만 나가려면 지금이 최적의 시기입니다. 더 늦어지면 할리가 무슨 짓을 할지 모릅니다. 그때까지 기다릴 수는 없어요."

"끄응."

거스트는 카이의 재촉에도 골치 아프다는 표정을 지었다. 그는 카이의 말에 백분 공감했고, 또 동의하는 입장이기도 했다.

하지만 반면에 그는 조인족을 이끄는 리더. 당연히 다수의 새들이 안전하게 나갈 수 있는지 고민해야 했다.

"할리는 완벽하게 잡아둘 수 있다는 게 사실이오?"

"예. 제가 죽는 한이 있더라도 할리는 붙잡아두겠습니다."

"으으음……."

사실 할리의 방해만 없다면 칠흑의 군도를 빠져나가는 게 그리 어려운 일은 아니었다. 가고일들의 추격이 거셀 것으로 예상되지만, 조인족들의 속도가 그들보다는 더 빨랐으니까.

"후우, 알겠소."

결국 거스트는 결정을 내렸다.

"그대의 말이 맞소. 완벽을 추구하다가는 끝이 없는 법이지. 지금이 최적의 시기라는 데에 동의하오."

"소중한 결단에 감사드립니다."

내일, 어떤 형태로든 새장은 부서진다.

"다시 한번 설명해 주게."

거스트의 요청에 카이가 고개를 끄덕였다.

"작전은 간단합니다. 제가 할리를 상대하기 시작하면, 여러분은 이 장소를 탈출해서 최대한 빨리 칠흑의 해역에서 벗어나 주십시오."

"목적지는 라시온 왕국의…… 리퍼디아? 맞나?"

"리버티아입니다."

"아아! 그랬지 참. 나이가 드니 이것 참…… 리버티아, 리버티아……."

집결지의 장소 이름을 몇 번이고 중얼거린 거스트가 고개를 끄덕였다.

"잘 알겠네. 이제 잊어버리지 않겠어. 한데 자네는 비행 수단이 있는가?"

"예. 있습니다."

카이는 미믹을 소환해 와이번 폼으로 바꾸었다.

"호오, 와이번인가. 정말 오랜만에 보는군."

빠르게 걱정을 덜어낸 거스트는 날개가 뒤덮인 손으로 카이의 손을 꼬옥 붙잡았다.

"무운을 비네. 그리고 정말 고맙네."

"아직 감사를 받기에는 이릅니다. 인사는 리버티아에서 받도록 하죠."

"아아, 그렇군. 그럼 인사는 리버티아에서……."

서로를 쳐다보며 웃음을 흘리기를 잠시. 한 무리의 조인족들이 다급한 표정으로 그들에게 달려왔다.

"조, 족장님! 큰일입니다!"

"……순찰조장 아닌가. 무슨 일이지?"

"다수의 가고일들이 먹구름을 뚫고 이곳으로 몰려오는 중입니다! 그 수가 무려 백여 마리입니다!"

"으음!"

난데없는 보고에 거스트의 안색이 딱딱하게 굳어졌다. 할리가 손을 쓰기 전에 이쪽에서 더 빨리 움직이고자 D-Day를 오늘로 잡은 것이 아니었던가.

"차가운 바닷물에 오랫동안 몸을 담그고 있어서 그런지 손속도 시원하네요."

"……자네는 걱정이 안 되는가?"

"만약을 위해 블리자드를 이곳에 남겨놓고 가겠습니다. 그리고 이카루스까지 있으니…… 두 사람이라면 피해 없이 그들을 정리할 수 있을 겁니다."

"휴우…… 정말 고맙네."

"아니요. 오히려 블리자드는 비행할 수 없으니 이곳에서 여러분을 지키는 게 나을 겁니다."

옆에 있던 블리자드가 잠깐 서운한 표정을 지었지만, 이를 눈치챈 카이가 어깨를 가볍게 두드려주자 그러한 기색이 눈 녹듯 사라졌다.

"블리자드, 조인족을 잘 지켜줄 수 있지?"

"반드시 지켜내 보이겠습니다."

펄럭, 펄럭!

먹구름의 파도 속을 한 마리의 와이번이 맹렬하게 뚫고 나가고 있었다.

"저쪽이다."

저 멀리의 아래쪽 바다에 비늘로 덮인 꼬리가 보이자, 카이는 미믹을 그쪽으로 이동케 했다.

-흐음?

낯선 자가 다가온다는 것을 감지한 할리가 무겁게 가라앉아 있던 눈꺼풀을 들어 올렸다.

타악!

미믹이 군도 주변의 바위에 착지하자, 카이가 소리쳤다.

"시 서펜트 할리! 거래를 하러 왔다!"

······오만하고, 건방지군. 감히 지고의 존재에게 거래를 요청하는 것이냐? 그것도 감히 네놈들이?

"지난번부터 생각했지만, 넌 나에 대해 한 가지 오해를 하고 있는 것 같다."

-그 입을 닫아라!

할리가 노성을 터뜨리며 잠겨 있던 몸을 들어 올렸다. 그와 동시에 바닷물이 사방으로 퍼져나가며 해일을 일으켰다.

철-써억!

다행히 바위섬이 일종의 방파제 역할을 하여 카이가 해일에 휘말리는 일은 없었다. 물론 카이는 해일이 오든 말든, 눈 하나 끔찍하지 않고 할리를 쳐다보는 중이나.

"난 뮬딘교에서 온 사람이 아니야."

-그 입…… 닫으라고 했을 텐데?

할리가 입을 벌리자 바닷물이 중력을 거스르며 그의 입으로 흘러들어 갔다.

"말, 끝까지 들어."

우우우웅!

카이가 손을 뻗어 중력장을 시전했다. 그러자 할리의 입을 향해 거슬러 올라가던 물들이 다시 밑으로 떨어졌다.

이에 할리가 눈을 가늘게 뜨며 카이를 노려봤다.

-네놈이 죽고 싶어서 끝까지 건방을…….

"성검, 프리우스 소환."

허공에 생성된 성검을 낚아챈 카이는 이를 높이 들어 올렸다.

"자, 정신 똑바로 차리고 봐. 너라면 알 수 있겠지."

-…….

카이의 말에 성검이 뿜어내는 막대한 신성력을 느낀 할리가 입을 천천히 다물었다.

-확실히…… 네놈은 그 씹어먹어도 마땅찮은 곳에서 나온 놈이 아니군.

"그래. 엄밀히 말하면 그놈들과는 대적하는 사이지."

-그래서?

할리의 물음에 카이가 눈을 깜빡였다.

"……뭐?"

-그래서 뭐 어쩌란 말이지? 그것이 내가 널 살려줄 이유가 되나? 네놈은 지금 나의 애완용 새들을 훔쳐가려는 도둑놈이 아니던가.

"그들은 애완용 새 취급이나 받을 존재들이 아니야."

카이의 항변에 할리가 피식거리며 조소를 터뜨렸다.

-내가 인간을 오만하고, 건방지다고 평가하는 이유를 여실히 보여주는군. 그렇다면 인간이 키우는 새들은 그런 취급을 받기 위해 태어나는 존재이던가?

할리의 일침에 카이가 일순 당황한 표정을 지었다. 그의 말은 나름의 철학을 지니고 있었고, 반박이 힘들었으니까.

카이가 아무 말도 못 하자, 할리는 코웃음을 치며 말을 이어

갔다.

-할 말이 없겠지. 왜냐하면 그런 취급을 받기 위해 태어나는 생물은 없기 때문이다. 결국 그 기준은 인간들이 정한 것이다. 자신들보다 약한가, 강한가를 기준으로 그어버린 약육강식의 선이지. 하지만 나는 용. 내가 굳이 인간들이 만든 규칙에 어울려 줄 필요는 없다.

"그건……."

카이가 열심히 반박할 말을 떠올리고 있을 때, 할리가 돌연 허공으로 솟아올랐다.

그의 입에서 위엄 넘치는 목소리가 흘러나왔다.

-카즈룬! 가고일들을 이끌고 새장으로 가라. 이놈이 이곳에 왔다는 건, 새들이 빠져나갈 꿍꿍이를 품고 있다는 뜻일 터. 새장을 탈출하려는 새들은 모조리 죽여라.

"알겠습니다, 주인님."

가고일들의 왕, 카즈룬은 카이를 힐긋 쳐다보더니 빠른 속도로 날아올랐다. 그 뒤를 수백의 가고일들이 벌 떼처럼 날아오르며 뒤따랐다.

"안 돼…… 미믹!"

미믹의 등에 올라탄 카이가 그들을 추격하려 했지만, 순간적으로 엄청난 중력이 그와 미믹을 짓눌렀다.

"크윽!"

-중력을 다루는 마법 기술이 인간의 것이라 생각했더냐? 이 또한 오만하고 건방지군.

"젠장. 뮬딘교 이놈들…… 대체 뭘 만들어놓은 거야."

천공신 이스카의 말이 맞았다. 동양의 용을 베이스로 삼되, 드래곤 같은 존재를 만들기 위해 탄생시킨 괴물. 그것이 바로 시 서펜트 할리였다.

"중력장!"

카이는 중력장을 사용해 자신과 미믹에게 걸려 있는 중력을 해소시켜 버렸다. 물론, 그 대가로 지불한 마나는 매우 빠른 속도로 줄어들기 시작했다.

'시간이 없어.'

마나 사용이 원활하지 못한 할리의 영역에서 중력장을 사용할 수 있는 시간은 고작 3분 남짓. 그 시간 동안 할리와 승부를 보거나, 다른 돌파구를 찾아야만 했다.

"미믹!"

"까아아악!"

카이의 생각을 찰떡같이 읽어낸 미믹이 두 날개를 펼치며 하늘로 날아올랐다.

-…….

그런 카이를 지그시 내려보던 할리의 머리에 달린 뿔이 강렬한 빛을 뿜어냈다.

띠링!

[시 서펜트, 할리가 썬더 스톰을 시전했습니다.]

콰르르르릉!

동시에 수십 줄의 천둥이 내리쳤다.

노리는 것은 카이가 아닌 미믹. 아예 카이가 하늘을 날아다닐 수 없게 만들려는 속셈이었다.

'지금 미믹이 역소환되면 난 말 그대로 끝이다.'

이 넓은 바다에서, 해룡을 상대로 수중전을 펼친다?

말도 안 되는 소리.

카이는 듀라한 전용의 철제 무기를 빼 들었다.

파지지직!

피뢰침 역할을 훌륭히 한 검은 까맣게 타버려서 사용하지 못하는 수준이 되었다. 유니크 등급의 검이라 최소 수백만 원에 거래되었지만, 카이는 미련 없이 검을 놔버렸다. 이 급박한 상황에선, 검을 다시 인벤토리에 집어넣는 시간조차 아까웠으니까.

'크윽, 대미지가 대체 왜 이래?'

카이가 얼굴을 잔뜩 찡그렸다.

현재 그의 마법 저항력은 모든 유저를 통틀어서 최상급 수준. 바로 최초의 오크 주술사 사냥꾼 칭호와 더불어, 주문 저항의 피부가 그것을 가능케 했다. 카이도 그것을 믿었기에 망설임 없이 할리의 천둥 공격을 온몸으로 받아낸 것이었다.

'마법 공격 한 번으로 체력이 21%밖에 안 남는다고?'

말 그대로 두려울 정도의 공격력!

"햇살의 따스함!"

물론 카이의 생명력은 힐 스킬 두 번에 100%까지 빵빵하게 늘어났다.

'하지만 이건 위험해.'

지금과 같은 도박을 계속 이어갈 수는 없었다. 이번에야 운이 좋아서 즉사는 면했다지만, 같은 행운이 두 번씩 찾아오라는 법은 없었으니까.

'웬만해서는 성물 3세트의 신성력 효과 증가, 소모량 감소 효과 때문에 이걸 깨고 싶지는 않았지만……'

카이의 입이 달싹였다.

"인벤토리 오픈, 하얀 죽음의 용 세트 장비."

거대 길드에서 그토록 모셔가고 싶어 하는 1순위 대장장이. 갓 핸드, 카밀라가 사룡 시네라스의 비늘과 뼈를 이용해 만들어낸 최강의 방어구 세트!

찰칵, 찰칵.

백룡 세트의 장착과 동시에 성물의 3세트 효과는 사라졌다. 하지만 이를 메꾸기라도 하듯, 새로운 능력치들이 가파르게 상승하기 시작했다. 기본적으로 백룡 세트의 장비에는 신성력 관련 옵션이 없었지만, 방어력과 스탯 상승량은 끝내주게 높았기 때문.

그뿐만이 아니었다.

띠링!

[하얀 죽음의 용 세트를 착용했습니다.]
[5세트 효과로 약자멸시가 발동됩니다.]
[5세트 효과로 모든 스탯이 50 상승합니다.]
[5세트 효과로 모든 속도가 10% 증가합니다.]

"좋아."

비록 성물 3세트의 신성력 관련 능력들을 사용하지 못하는 게 아쉬웠지만, 기본 대미지는 높아진 셈.

-죽어라! 건방진 인간이여!

콰르르르르르릉!

수십 다발의 천둥이 미믹을 향해 쏟아졌다.

물론 카이는 다시 한번 인벤토리에서 철검을 뽑아 이를 제 몸으로 받아냈다. 결과적으로 카이의 도박은 성공이었다.

"이 정도면…… 할 만해."

남은 체력 54%. 할리의 맹공을 연속으로 두 번 받아내고도 죽지 않을 정도의 맷집을 보유하게 되었으니까.

'하지만 이것으로 끝나선 안 되지.'

방어력이 크게 증가했다고 해서 방어적인 태도로 임해서는 안 되었다. 얼핏 보기엔 카이가 전투의 기세를 가져온 것 같지만, 그의 마나는 여전히 부족했으니까.

-인간이 어떻게…… 나의 공격을…… 잠깐, 그 방어구는 설마…… 드래곤의 비늘로?

백룡 세트의 재료를 알아본 할리가 크게 당황했다.

만들어진 존재라고는 하나 그 또한 용. 드래곤이 얼마나 무섭고 강력한 존재인지는 잘 알고 있었기 때문이다.

-……방심해선 안 될 놈이었군.

할리의 공격이 더욱 거세졌다. 천둥 공격은 쉴 새 없이 이어졌고, 그와 함께 할리의 입에서는 몇 다발의 수압포가 쏘아졌다.

'무슨 슈팅 게임도 아니고……!'

카이는 미믹의 등을 꽉 움켜잡고는 공격을 쳐내고, 피할 공격은 피하며 할리에게 접근했다.

쐐애애애액!

태양의 축복, 헤이스트 등의 온갖 버프를 때려 박은 미믹은 마치 섬광처럼 움직이며 할리의 공격들을 피해냈다.

'이 정도면 충분히 가까워졌어.'

카이는 할리가 자신의 유효 사거리 안에 들어오는 순간, 자리에서 조심스럽게 일어나 미믹의 등에 섰다.

"크윽!"

엄청난 바람이 그의 몸을 흔들었지만, 카이는 엄청난 집중력을 통해 몸의 균형을 맞춰나갔다. 그 상태에서, 카이는 성검으로 할리를 겨누었다.

-고오오오오……!

입을 쩍 벌린 할리가 수압포를 준비했다. 여태 것보다 몇 배는 더 위험해 보이는 수압포였다.

하지만 미믹은 등 위의 주인을 믿고, 할리를 향해 망설임 없이 나아갔다.

"미안한데, 내가 시간이 얼마 없어서."

카이의 눈이 날카롭게 빛났다.

"강림, 패트릭."

그와 동시에 성검에서 엄청난 빛이 폭사되 듯이 뿜어져 나왔다. 먹구름이 드리워져 어둡던 일대를 환하게 물들이는 황금빛 신성력의 파도. 시 서펜트 할리마저 성검이 뿜어내는 무시무시한 공격력에 움찔거리며 몸을 주춤거렸다.

카이는 주변의 모든 사물이 천천히 느려지는 것을 느꼈다.

먹구름이 토해내는 빗방울도, 천둥을 동반한 번개나 쓰나미와 같은 해일들. 하나하나가 천재지변이나 다름없는 할리의 공격들이 모두 느려졌다.

파-지-직!

천천히, 아주 느리게 내리치는 번개는 마치 잎을 피우는 꽃처럼 아름다웠고 하늘에 두둥실 떠있는 빗방울들은 하나하나가 보석 같았다.

'이건 도대체⋯⋯?'

체란티아와 시미즈. 일찍이 두 사람을 강림시켰을 때는 경험해 보지 못했던 상황에 카이가 당황했다.

파앗!

다음 순간 자신이 서 있는 장소가 뒤바뀌었음을 느꼈다.

"여긴⋯⋯."

그곳은 성지, 혹은 잊혀진 신전이라 불리는 곳. 카이도 이전에 한 번 방문했던 적이 있는 장소였다.

"지르칸에게 뒤통수를 맞았던 신전이잖아."

카이는 주변을 둘러보며 확신을 가졌다. 물론 신전의 모습은 그때처럼 쓰러져 가고, 낡은 모습이 아니었다. 지금은 지어진 지 얼마 안 된 듯 깨끗한 모습을 간직하고 있었다.

카이가 슬쩍 자신의 몸을 내려다보았다.

'반투명하네.'

그것은 영원한 안식을 통해 불러냈던 영혼 상태의 지르칸이나, 데스몬드의 모습과 흡사했다. 칠흑의 해역에서 사투를 벌이던 자신이 왜 이곳에 소환될 이유가 뭘까?

그 질문에 답해줄 자는 이 길의 끝에 있으리라.

이전에 한 번 와본 적이 있기에, 방을 찾아가는 것은 그리 어렵지 않았다.

"……."

지르칸에게 배신을 당했던 방. 예배실로 추정되는 그 방에는 한 남성이 사제복을 입고 후드를 뒤집어쓴 채 기도 중이었다.

"당신의 빛이 언제나 세상을 밝게 비추시기를 간절히 바라옵니다……."

기도를 마친 남자는 천천히 자리에서 일어났다. 키는 카이보다 조금 더 컸으며, 근육은 딱 보기 좋을 만큼만 들어찬 몸매였다. 천천히 몸을 돌린 남자가 쓰고 있던 후드를 천천히 벗었다.

"아……!"

카이는 그를 보는 순간 단번에 알 수 있었다.

패트릭. 비록 사념으로 만났을 때의 모습보다는 훨씬 어린 모습이었지만 그는 패트릭이었다.

금발금안의 무표정한 남자는 카이를 물끄러미 쳐다보며 물었다.

"이렇게 만나는 것은 처음인가."

"예전에 하녹스의 신전에서 한 번……."

"그건 내가 남겨놓은 사념일 뿐이었지."

그렇다면 지금은 다르단 소리인가?

카이가 눈빛으로 묻자, 패트릭이 천천히 고개를 끄덕였다.

"현재의 나는 온전하다. 이곳은 시간과 공간의 영향을 받지 않는 나만의 독립적인 장소이고."

"대단한 능력이군요."

"그대와 잠시 이야기를 하기 위해 마련한 장소일 뿐. 길게 가지는 못할 것이다."

"이야기라고 하시면……?"

"늙은이의 오지랖이지."

몇 살 차이 나지도 않아 보이는 얼굴로 그런 말을 해도 큰 설득력은 없었다.

패트릭은 묘한 시선으로 카이를 쳐다보며 입을 열었다.

"나를 불렀더군."

"예, 패트릭 님의 힘이 필요하기 때문입니다. 제힘으로는 도저히 상대할 수 없는 강력한 적을 만났습니다."

"하지만 그대는 내가 세운 검술관에서 모든 것을 배우지 않았던가."

"아직 많이 부족합니다."

"왜 그렇게 생각하지?"

"그야…… 전 여전히 약하기 때문입니다."

할리를 상대할 수도 없고, 헬릭의 말에 따르면 강력한 마계의 존재들도 감당할 수 없다.

'힘이 없으면 지킬 수가 없어.'

지키고 싶다는 마음만으로는 소중한 것을 지킬 수 없다.

그러한 마음을 뒷받침해 줄 힘. 그런 힘이 있을 때 비로소 소중한 것을 지킬 수 있다.

패트릭은 카이의 그 확고한 생각을 읽기라도 한듯, 옅은 한숨을 내쉬며 말했다.

"그대는 이미 체란티아와 시미즈를 몇 번 불러냈기에 잘 알고 있겠지. 강림이 무엇인가."

"선대 사도들의 일부 능력치를 빌려서 쓸 수 있는 기술, 아닙니까?"

"맞다, 하지만 그것이 전부가 아니라는 걸 어렴풋이 느끼고 있지 않나?"

"……!"

패트릭의 말에 카이가 두 눈을 크게 떴다. 그 발언은 카이가 줄곧 해오던 고민에 종지부를 찍었다. 사실 데스몬드와의 전투가 끝났을 때부터 비슷한 생각은 계속 해왔었으니까.

'빛의 군단은 본래 체란티아의 기술이야. 그런데 이걸 내가 스킬 형태로 배웠다는 건……'

혹시, 강림 스킬은 선대의 힘을 빌릴 수 있는 것이 전부가 아니라, 선대의 기술을 후대에 물려주려는 의도로 만들어진 것 아닐까?

그렇다면 자신이 빛의 군단 스킬을 터득한 이유도 납득이 되었다.

패트릭이 입을 열었다.

"보아하니 진작 느끼고는 있었나 보군. 그대의 생각이 맞다. 강림 스킬이란 선대의 몸을 직접 자신의 몸으로 펼침으로써, 그 감각을 기억하고 최종적으로는 스스로 구현해 내는 것을 목표로 삼지. 한 마디로 선대의 사도들이 계속해서 후배를 학습시키는 것이다."

"……갈 길이 멀군요."

"생(生)이란 항상 그렇다. 돌아보면 지나온 길은 항상 짧아 보이고, 가야 할 길은 항상 까마득해 보이지. 하지만 잊지 말거라. 인생이란 출발점은 정해져 있되, 결승선은 존재하지 않는다는 것을."

"자만하지 않고, 다른 길로 빠지지 않고, 열심히 달려 나가겠습니다."

카이의 태도에 크게 패트릭이 고개를 주억거렸다.

"……예로부터 사도는 순백. 털어서 먼지 하나 나오지 않는 사람만이 이을 수 있었다."

찔끔.

카이가 찔린다는 표정을 지으며 고개를 푹 숙였다. 자신이 타인을 도와주게 된 계기가 보상이라는 것을 생각해 보면 순백이라고 보기는 힘들기 때문이다.

실제로 패트릭은 그 부분을 가감 없이 찔렀다.

"하지만 그대는 다르다. 적당히 이기적이고, 탐욕스러우며, 상대에 따라 잔혹해지기도 하지."

"크으윽……."

허를 찌르는 팩트 폭력에 카이가 고개를 푹 숙였다.

하지만 패트릭의 말은 끝난 것이 아니었다.

"……하지만 그래서 더욱 기대가 되는구나."

"……예?"

카이가 눈을 깜빡이며 고개를 들었다.

"시미즈, 체란티아, 그리고 나까지. 이미 구시대의 유물이 되어버린 우리는 마지막 한 걸음을 내딛지 못했다. 하지만 그대라면…… 다를 수도 있다는 생각을 하곤 한다."

패트릭이 가까이 다가오며 카이의 머리 위에 살포시 손을 얹었다.

"그대는 기본적으로 심성이 착한 사람이다. 그러면서 앞으로 나아가며 발전하는 것을 멈추지 않지. 왜냐하면, 그대는 탐욕을 지닌 인간이니까."

나쁜 뜻으로 하는 말이 아니었다. 스스로의 실력을 계속해서 향상시키고자 하는 카이의 욕심과 노력.

그것을 패트릭은 크게 칭찬하는 중이었다.

"선과 욕망이 한데 어우러졌을 때, 과연 어떤 형태가 되는지 우리는 일찍이 본 적이 없다."

"그 말씀은……."

"그대가 우리에게 보여다오."

패트릭이 손을 내밀었고, 카이는 천천히 손을 뻗어 그 손을 마주잡았다.

"네 번째 사도여, 그대는 우리의 미래이다."

막대한 신성력이 손끝으로 밀려들어 오기 시작했다.

띠링!

[강림 스킬을 사용합니다.]

[영구적으로 20개의 선행 스탯이 소멸됩니다.]

[패트릭이 사용자의 육신에 강림하였습니다.]

[그의 제한된 능력 중 일부를 사용할 수 있습니다.]

[일시적으로 스킬 - 하늘을 가르는 검을 획득했습니다.]

[일시적으로 스킬 - 신성 폭주를 획득했습니다.]

[일시적으로 스킬(패시브) - 광휘의 검술을 획득했습니다.]

[일시적으로 스킬(패시브) - 패트릭의 가호를 획득했습니다.]

[스킬(패시브) - 패트릭의 가호로 모든 움직임에 신성 효과가

추가됩니다.]

"아아……!"

체란티아, 시미즈가 강림했을 때와는 차원이 다른 강함이었다. 왜 패트릭이 교단 역사상 최강의 성기사라 불렸는지를 여실히 알 수 있는 순간. 카이는 덜덜 떨리는 몸을 겨우 가누며 패트릭을 올려다보았다.

그는, 무표정하던 얼굴을 풀며 빙그레 미소를 지었다.

"요즘 그대 덕에 여신님께서 자주 웃으시더군. 앞으로도 잘 부탁하네."

"그, 그야 물론입니다."

"아픔이 많으셨던 분일세. 절대 그분을 울리지 말게나."

"예."

"자, 그럼 이제 돌아갈 시간이네."

패트릭이 천천히 손을 들어 올리자, 그 위로 떠오른 마법진이 맹렬하게 돌아갔다. 순식간에 일그러지는 공간이 카이를 뱉어냈다.

"……!"

카이는 자신이 전장으로 돌아왔다는 것을 깨달았다. 신전의 모습은 물론, 패트릭의 모습도 사라진 상태였으니까.

'할리.'

그의 눈으로 느릿느릿한 모습으로 수압포를 모으고 있는 할리가 들어왔다.

'이런 식의 애프터 서비스, 정말 마음에 들어.'

한쪽 입꼬리를 말아 올린 카이가 입술을 달싹였다.

"신성 폭주."

콰아아아아아아!

스킬을 사용하자 온몸의 신성력이 해일처럼 빠져나가기 시작했다. 물론 등가교환의 법칙에 따라, 돌아오는 이득은 상당했다.

띠링!

[신성 폭주 스킬을 사용합니다.]

[신성 폭발 스킬이 강화됩니다.]

[일시적으로 모든 스탯이 150 상승합니다.]

신성 폭발과는 비교도 되지 않는 증가폭을 보여주는 상승 스킬!

동시에 카이의 몸이 후끈한 공기를 뱉어냈다. 그의 몸에 닿는 빗방울들이 순식간에 온수로 바뀔 정도의 뜨거운 온도.

"미믹, 뜨거워도 조금만 참아줘."

"까악!"

제 주인의 마음을 헤아린 미믹이 그대로 앞으로 날아갔다.

-하등한 인간…… 같은 실수를 반복하는구나!

할리는 지난번의 전투 때, 수압포로 미믹을 역소환시키고 카이를 전투 불능으로 만들었다. 더군다나 이번에 쏘아내는 수압포는 그가 진심으로 상대를 멸살하고자 쏘아내는 필살의 일격.

그는 예언자가 아니었지만, 몇 초 뒤의 미래를 예상했다.

'건방지고 오만한 인간 녀석. 제 주제를 모르고 까불다가 이렇게 죽는군.'

그런 확신이 들 정도로 자신의 수압포를 강력했다.

콰아아아아아아아아!

엄청난 소리와 함께 공기를 찢어 발겨졌다.

"……후우."

미믹의 등 위에 중심을 잡고 서 있던 카이가 두 손으로 성검을 붙잡았다. 그리고 수압포를 끝까지 쳐다보며, 천천히 눈을 감았다. 문득, 여명의 검술관의 후이 관장이 누누이 하던 말이 귓가를 맴돌았다.

한 번을 휘두를 때도 최선을 다한다는 느낌으로. 마치 자신의 검이 하늘마저 벨 수 있다는 각오로 휘두르거라.

'아, 그게 이런 뜻이셨군요.'

카이는 이번 일이 끝나면, 그가 좋아하던 술이나 한 병 사들고 가봐야겠다는 생각을 하면서 천천히 검을 내리그었다.

위에서 아래로, 자신이 마치 하늘마저 벨 수 있다는 각오를 품은 채.

"하늘을 가르는 검."

번쩍!

칠흑의 해역. 1년 365일 할리가 만들어낸 먹구름으로 뒤덮여 있는 어둠에 잠긴 바다.

-이, 이런 말도…… 말도 안 되는……!

성검이 수압포를 버터처럼 부드럽게 가르며 지나간다. 다음으로 가른 것은 세상을 뒤덮은 먹구름과 건물 높이만큼 치솟은 쓰나미. 마지막으로 가른 것은 믿을 수 없다는 듯 눈을 크게 뜨고 있는, 할리의 머리에 달린 뿔이었다.

서걱!

할리의 머리에는 총 3개의 뿔이 달려 있었다. 중앙에 하나, 그리고 왼쪽과 오른쪽에 하나씩.

카이의 하늘을 가르는 검은 세상을 세로로 베어나가며 할리의 뿔 하나를 반으로 절단했다. 그것이 바로 중앙에 위치한 뿔이었다.

-크아아아아아아악!

할리가 자신의 거대한 몸을 비틀며 고통에 몸부림쳤다.

띠링!

[할리의 첫 번째 뿔을 파괴했습니다.]

[할리의 마법 공격력이 30% 감소했습니다.]

[할리의 마나 억제력이 30% 감소했습니다.]

'음?'

사실 카이는 수압포를 베어내려고 검을 휘두른 것이었다.

한 마디로 할리의 뿔이 잘린 것은 얻어걸린 것이나 다름없다는 소리. 운 좋게도 용의 머리에 달린 뿔은 마나를 다루는 역할을 맡고 있는 급소였다. 소가 뒷걸음치다 쥐를 밟은 격이었지만, 전투의 판도를 바꾸기에는 충분했다.

-주, 죽여 버리겠다!

할리가 시뻘겋게 충혈된 눈을 부릅뜨며 고래고래 소리를 질렀다. 허나 카이에게는 그것이 일종의 발악처럼 보였다.

'하나도 무섭지 않아.'

중력장을 통해 빠져나가는 마나가 줄어들었다. 일대를 잠식하고 있는 할리의 지배력이 크게 떨어졌다는 뜻이나 다름없었다.

'게다가 녀석의 마법 공격력이 30% 감소했지.'

반면, 자신은 사룡 시네라스를 죽이고 스페셜 칭호인 해슬링 슬레이어를 얻은 적이 있었다. 칭호의 효과는 무려 드래곤족에게 30%의 추가 대미지를 입히는 것.

'거기다가 지금의 난……'

무려 태양교의 전설적인 삼인방 중 하나인 패트릭이 몸에 강신해 있었다.

'그러고 보니 검술이 훨씬 더 깔끔해진 것 같은데.'

카이는 아직 파악하지 않은 패트릭의 강림 스킬 하나를 빠르게 훑었다.

[광휘의 검술(패시브)]

등급 : 레전더리

검의 달인이 되어, 위력이 300% 증가합니다.

'이것 때문이었나.'

성검을 잡은 손에서 느껴지는 그립감부터가 달라졌다. 이전에도 검이 딱히 불편하다고 느껴진 적은 없었지만, 지금은 뭐랄까. 마치 태어날 때부터 한 몸이었던 것과도 같은 기분이 들었다.

'이런 게 무협에 나오는 신검합일이라는 건가?'

덕분에 절대 질 것 같다는 생각이 들지 않았다.

빙그레 미소를 지은 카이가 제2타를 준비했다.

"미믹, 다시 한번."

"까아아아악!"

미믹은 그대로 허공을 크게 선회하더니, 할리를 향해 수직 하강했다. 마치 안전 장비 없이 롤러코스터를 타고 있는 기분! 게다가 카이는 미믹의 등 위에 서 있는 상태였다.

'집중력이 떨어지면 추락할 수도 있어.'

카이가 집중력을 끌어 올리자, 전신의 세포가 새롭게 깨어 나는 기분이 들었다.

-죽인다…… 죽여 버리겠어!

할리가 허공으로 날아오르며 입을 크게 벌렸다.

펑! 퍼펑!

그의 입에서 생성된 압축된 물의 구체가 연신 미믹을 노리 며 날아들었다.

"그렇겐 안 되지."

미믹이 현란하게 날아다니며 그것들을 피했고, 미처 피하지 못한 공격은…….

서걱!

카이가 마무리했다.

-쥐새끼 같은!

미믹이 자신의 공격을 요리조리 피하며 바짝 접근하자, 두 개밖에 남지 않은 할리의 뿔이 빛났다. 안 그래도 수증기가 많을 수밖에 없는 바다 위로 먹구름까지 걸쳐져 있다. 당연히 일대의 수증기는 세상 그 어느 곳보다 많을 수밖에 없었다.

쩌저저적!

그 수증기들이 얼어붙기 시작했다. 순식간에 생성된 수십 개의 얼음의 창이 미믹을 노리며 날아들었다.

"으음!"

할리에게 접근하면서 저 공격들을 모두 피해내는 건 불가능하다.

'그렇다면……'

카이의 시야로 솟아오른 바위섬이 들어왔다.

"미믹! 우선 저 바위섬을 방패로 삼아!"

카이의 명령과 동시에 미믹은 앞에 보이는 바위섬의 뒤쪽으로 도망쳤다.

-소용없다!

할리가 이를 지켜보고 있을 리 없었다.

쩌저저저적!

그가 뿜어낸 얼음의 파도는 순식간에 바위섬을 뒤덮으며 빙산으로 만들었다. 하지만 이 공격을 여유롭게 회피한 미믹은 바위섬의 뒤쪽에서 솟아오르며 먹구름으로 향했다.

-도망칠 셈인가?

그때부터는 할리의 뿔이 미친 듯이 빛나기 시작했다.

번쩍번쩍!

뿔이 한 번 빛날 때마다 수십 다발의 마법이 소환되어 미믹을 향해 날아갔다.

미믹이 피하고, 카이가 열심히 검을 휘두른다. 하지만 그들조차 수백 개의 공격을 모두 피해내지는 못했다.

푸욱!

결국 날카로운 얼음의 창 한 자루가 미믹의 복부를 꿰뚫었다.

-크하하하하하!

기쁨의 웃음을 터뜨린 할리는 입을 크게 벌리며 마무리 공격인 수압포를 뿜어냈다.

콰아아아아아아!

큰 부상을 입은 미믹은 수압포를 피해내지 못했고 그대로 역소환을 당했다.

-비행 수단을 잃어버렸으니 네놈도 이제 끝이구나.

와이번이 역소환되자 그 위에 타고 있던 카이도 실 끊어진 연처럼 떨어졌다.

-물의 감옥!

바닷물이 치솟아 오르며 카이의 사지를 붙들었다.

쩌저저적!

물은 순식간에 얼어버리며 이를 얼음 감옥으로 변모시켰다.

-벌레 같은 녀석. 간만에 애를 먹게 만드는군.

"……."

할리는 아무 말도 하지 못하는 카이를 비웃었다.

-아까는 그렇게 입을 잘 놀리더니, 이제는 못하겠나 보지?

결국 이자 또한 다른 인간과 똑같다.

코웃음을 친 할리가 입을 벌렸다.

-이제 끝이다. 죽어라. 벌레 같은 인간이여.

그의 입을 통해 엄청난 양의 물이 모이기 시작했다.

어차피 상대는 도망칠 수도 없는 상황.

'확실히 끝내주지.'

할리는 방심하지 않고, 자신이 낼 수 있는 최고의 패를 꺼내기로 마음먹은 것이었다.

그리고 마침내 수압포를 뿜어낸 순간.

푸욱!

그의 왼쪽 눈이 붉게 물들었다.

-……?

이게 무슨 상황인지 인식을 하기도 전에.

서걱!

왼쪽 뿔이 잘려 나갔다. 신음은 그 후에 터져 나왔다.

-크윽…… 크아아아아아악!

띠링!

[할리의 두 번째 뿔을 파괴했습니다.]

[할리의 마법 공격력이 30% 감소했습니다.]

[할리의 마나 억제력이 30% 감소했습니다.]

"오케이."

할리가 아무리 강하다고 해도 전체 전력의 60%나 깎이고 나면 카이를 상대로 도저히 우세를 점할 수가 없다.

아니, 오히려…….

[하얀 죽음의 용 세트 효과, 약자멸시가 발동합니다.]

[상대를 향한 모든 공격에 10%의 추가 공격력이 붙습니다.]

'됐다.'

약자멸시. 자신보다 약한 상대와 전투를 할 때 발동되는 효과!

할리는 더 이상 카이를 이길 수 없음을 알리는 최후의 선고나 다름없었다.

"네 말대로, 이제 정말 끝이야."

콰드드드드득!

카이의 성검이 할리의 마지막 남은 뿔을 잽싸게 베어냈다.

[할리의 마지막 뿔을 파괴했습니다.]

[할리의 마법 공격력이 30% 감소했습니다.]

[할리의 마나 억제력이 30% 감소했습니다.]

그와 동시에 카이를 옥죄고 있던 할리의 지배력이 씻은 듯이 사라졌다.

그뿐만이 아니었다.

"······태양이다."

하늘을 가르는 검이 베어낸 먹구름은 일부에 불과했다.

하지만 할리가 모든 힘을 잃어버리자, 비로소 먹구름들이 뿔뿔이 흩어지기 시작했다.

카이는 밝은 태양빛이 비추는 바다를 쳐다보며 한쪽 입꼬리를 올렸다.

쿠우우우우우웅!

할리의 거체가 근처의 바위섬에 떨어졌다.

푸욱!

카이는 목덜미에 검을 쑤셔 박아 녀석을 마무리했다.

'이런 녀석을 상대로 방심할 수는 없지.'

─······대체 어떻게 된 것이지?

자신의 죽음을 직감한 할리는 최후의 순간에 지적 호기심을 해소하려 했다.

─분명 나는 네놈의 와이번을 처치했다. 그리고 네놈도 저곳

에 단단히 속박을 해놨⋯⋯ 음?

얼음 감옥을 올려다보던 할리가 한쪽밖에 남지 않은 눈을 부릅떴다. 왜냐하면 아직도 카이가 묶여 있었으니까.

-이, 이해가 되질 않는다. 이해가⋯⋯.

"간단해. 네가 줄기차게 노리던 건, 내가 아닌 내 분신이었으니까."

태양 분신. 그것이 바로 카이의 조커 패였다.

-분신이라니⋯⋯ 대체 언제 바꿔치기를⋯⋯ 아!

할리가 비명을 터뜨렸다.

-바위산!

전투 내내 자신의 시야에 고정되어 있던 카이가 사라졌던 건 단 한순간. 바로 미믹이 바위산의 뒤쪽으로 돌아갔을 때뿐이었다.

-설마 공방을 주고받는 그 짧은 시간에 이 정도 작전을⋯⋯?

"아니. 이런 건 이미 한참 전에 생각해 놨어."

푸욱!

할리의 목에서 성검을 뽑아내며, 카이가 침착하게 말했다.

"언제, 어떤 식으로, 어떤 상대와 어떤 장소에서 싸우게 될지 모르니까. 생각 정도는 해놔야지."

그야말로 랭커의 표본이라고 할 수 있는 자세였다.

격전이 이루어지는 찰나의 순간에 적의 시야에서 벗어나, 분신을 미믹 위에 태우고 자신은 바닷속으로 뛰어든다. 수중에서의 움직임이 원활한 카이였기에 실행할 수 있는 작전이었다.

……내가 졌군.

할리가 시원하게 인정했다. 그도 그럴 것이 뒷말이 나오지 못할 정도로 완벽한 패배였다. 그의 눈이 천천히 감기기 시작했다. 뾰족한 바위섬에 떨어진 순간, 이미 걸레짝이 된 상태였으니까.

"잘 가라."

카이의 마지막 인사에, 할리는 코웃음을 치며 중얼거렸다.

……잘 있어라, 징그러운 인간.

"내가 깜빡하고 못 해준 말이 있어."

…….

카이의 태연스러운 말에 할리가 멍한 표정을 지었다.

-이게…… 이게 뭐지? 나는 죽은 것이 아니었나?

"아, 넌 죽었어. 시체도 여기 있고."

카이가 발로 툭툭 두드리며 말했다. 그의 말처럼, 할리의 시체는 여전히 뾰족한 바위산에 박혀 있는 상태였다.

한 마디로 현재의 그는 영적인 상태.

"잠깐 대화를 좀 하고 싶어서 불러냈거든."

성환 페트라에 내장되어 있는 체란티아의 스킬, 영원한 안식의 효과였다.

……후우, 끝까지 마음에 안 드는군. 하고 싶은 말이란 게

뭐지?

할리가 짜증 난다는 목소리로 물었다.

카이는 자신이 쭉 생각해 오던 말을 천천히 뱉어냈다.

"생각을 계속해 봤거든. 과연 이 세상에 태어날 때부터 애완용 취급을 받기 위해 태어나는 존재가 있는가에 대해서."

-흥, 그래서?

"없어."

카이의 단호한 목소리에 할리가 그를 빤히 쳐다봤다.

-……없다고? 하지만 너는 분명 저번에…….

"그래. 조인족은 그럴 취급을 받을 존재가 아니라고 했지. 하지만 다른 이들이 그런 취급을 받아도 된다는 뜻은 아니었어. 오해하게 만들어서 미안하다."

-어차피 나와는 아무 상관없는 이야기. 할 말이 끝났다면…….

"하나 더 있어."

-할 말 있으면 빨리해라.

카이는 반투명한 할리의 머리 위에 자그마한 손을 올리며 입을 열었다.

"분명 많이 힘들고 무섭고 외로웠을 거야. 자신이 왜 태어났는지에 대한 생각을 끊임없이 했을 테지. 인간들을 대표해서 사과하마. 뮬딘 교가 다시는 이런 일을 할 수 없게 내 손으로 박살 내주지. 이 자리에서 약속한다."

……

그것은 할리로서는 상상도 못 해본 말이었다. 오만하고 건방진 인간이, 자신들밖에 모르는 더러운 인간이 사과를 하다니?

'……웃기는 인간. 이렇게 사과를 한다고 내가 감동이라도 받을 줄 아나 보지? 어이가 없군.'

할리는 저도 모르게 코웃음을 쳤다. 몇 번이나 다시 생각해 봐도 웃음밖에 나오질 않았다.

그런 그를 가만히 쳐다보던 카이가 말했다.

"울지 마라."

주르륵.

카이의 말에 할리는 괜히 신을 탓했다.

'이건 모두 신의 탓이다. 육신이 죽어서 나자빠져 있다고 감정 작용에 문제가 생기다니.'

할리는 눈을 꾹 감으며 으르렁거렸다.

-닥쳐라. 운 적 없다.

"어? 울어? 진짜 우냐?"

카이가 실실 웃으면서 놀리자, 얼굴이 벌겋게 물든 할리가 빼액 소리를 질렀다.

-우, 운 적 없다! 이 하등한 인간아! 나는 시 서펜트, 칠흑의 해역을 관장하는 해룡이자…….

"울보지."

-용은 울지 않는다! 안 울었다고 하지 않았나!

카이는 할리의 격렬한 반응을 재미있게 쳐다봤다.

'아…… 뭔가 놀리는 맛이 있네.'

헬릭 님 이후로 이렇게 놀리는 맛이 있는 생물을 또 만나게 될 줄이야!

'그러고 보니 헬릭 님도 과자 리필해 드리러 한 번 가야 하는데.'

모험이 끝나면 방문할 곳이 많다.

카이는 씩씩거리는 할리를 보며 이제 그만 놀려야겠다고 생각했다.

"오케이, 알았어. 안 울었던 걸로 해줄게. 됐지?"

그 말에 지칠 대로 지친 할리가 한숨을 내쉬었다.

……네 멋대로 생각해라. 멍청한 인간이여.

이야기가 끝났다고 생각한 할리가 다시 눈을 감았다.

-자, 다시 날 죽음의 강으로 돌려보내다오.

"응? 아직 이야기 안 끝났는데?"

-그게 무슨 소리인가?

"아직 본론이 남았는데 무슨 소리야."

어깨를 으쓱한 카이가 은근한 목소리로 할리를 설득했다.

"네 눈으로 직접 보고 싶지 않아? 뮬딘 교 녀석들이 너에게 잘못했다고 싹싹 비는 모습. 공포에 질려 도망치는 모습, 혹은 녀석들의 본거지가 쾅! 하고 터져나가는 모습 말이야."

이야기를 듣는 할리의 눈동자가 파르르 떨렸다.

-그, 그런 감언이설로 날 유혹하려고 해봤자…….

"용들의 자존심이 높은 건 유명하잖아. 자신에게 엄청난 모욕을 줬는데 맘 편히 죽을 수나 있겠어?"

-……홍, 정말이지 간교한 인간이군. 그렇다고 네놈에게 이용당할 것 같은가?

"그 반대지."

카이가 검지손가락을 좌우로 흔들었다.

"생각해 봐. 내가 널 왜 이용해? 너 약하잖아."

-나는 약하지 않다!

할리가 버럭 소리를 질렀다. 하지만 이미 그를 살해한 카이의 입장에서는 크게 공감되지 않는 이야기였다.

"나한테 졌으면서."

1전 1승 0패!

카이와 할리의 전적은 양측 모두가 인정할 수밖에 없을 정도로 깔끔했다.

"날 따라오면 네가 그토록 두려워하는 뮬딘 교의 멸망을……."

-두려워하기는 누가 두려워한단 말이냐!

할리가 눈을 부릅뜨며 카이를 노려보았다.

-굉장한 모욕이군. 나는 뮬딘 교를 두려워하지 않는다.

"그런데 왜 복수를 하지 않고 칠흑의 해역에서 수백 년 동안 숨어 있었지?"

-누가 그러던가? 내가 숨어 있었다고. 난 그저…… 그저 때를 기다렸을 뿐이다.

"그렇다면 이야기는 편하겠네."

카이가 손을 내밀었다.

"지금이 그때야. 내 손을 잡고 나랑 같이 뮬딘 교에게 복수하자."

-…….

할리가 깊은 고민에 빠졌다.

눈앞의 인간을 믿어도 될까? 다른 인간들처럼 말만 번지르르한 인간이 아닐까?

하지만 용은 지고의 존재. 아무리 만들어진 존재라고는 하나 할리에게는 수백 년간 쌓인 지혜가 있었다.

-조건이 있다.

"얼마든지."

-네놈이 날 배신하거나, 내가 믿지 못할 인간이라는 생각이 들 때는 가차 없이 떠나겠다.

"받아들일게."

카이가 시원하게 고개를 끄덕이자, 할리는 콧김을 뿜어냈다.

-그리고 나와 함께 뮬딘 교 녀석들을 응징해야 한다.

"그것도 오케이."

뜻이 맞아떨어지자 일은 일사천리로 진행되었다.

"내가 널 배신하거나, 네가 날 불신하는 일이 생기면 너의 영혼을 자유롭게 만들어주겠다."

[시 서펜트 할리를 빛의 전사로 영입했습니다.]

[영혼과 계약을 하여 빛의 전사로 만들었습니다.]

[시 서펜트 할리는 뮬딘 교가 몰락할 때까지 당신을 따라다닐 것입니다.]

반투명하던 할리의 몸이 찬란하게 빛나기 시작했다. 산산조각이 나 있던 녀석의 푸른 비늘은 황금색 비늘로 새롭게 덮였다. 아쉬운 점은 부러진 세 개의 뿔은 여전히 부러진 상태라는 것.

-약속…… 지켜라. 인간.

"지킬게."

그 어떤 미사여구를 섞은 화려한 말보다, 지킨다는 말 한마디가 훨씬 더 거대하게 다가왔다.

-재수 없는 놈.

끝까지 할 말을 한 할리의 몸은 빛의 입자가 되어 깨져나갔다. 잠시 그 모습을 쳐다보던 카이가 입술을 달싹였다.

"빛의 군단."

[소환하실 빛의 전사를 지명해 주십시오.]

1. 데스몬드.

2. 할리.

3. 비어 있음.

"확실히 영입했네."

카이의 입가로 밝은 미소가 번짐과 동시에, 미뤄놨던 보상이 물밀듯 쏟아졌다.

[검은 바다의 군주, 시 서펜트 할리를 처치했습니다.]

[스페셜 칭호, '할리를 처치한 자'를 획득했습니다.]

[레벨이 올랐습니다.]

[레벨이 올랐습니다.]

…….

[스탯 포인트를 50개 획득했습니다.]

[해룡의 비늘 120개를 획득했습니다.]

[해룡의 눈물을 획득했습니다.]

[스킬 북-절대영도를 획득했습니다.]

"좋네."

이것이 빛의 전사의 최대 장점이었다.

'일반적인 테이밍과는 차원이 다르지.'

테이밍으로 보스 몬스터를 길들이는 건 불가능에 가깝기도 하지만, 빛의 전사는 거기서 한 걸음을 더 내디뎠다.

'처치 보상은 받을 대로 받고, 영입도 가능하니까.'

손해라고는 눈곱만큼도 보지 않을 수 있다는 소리!

-감명 깊은 전투였네. 그럼 수고하게.

"아, 패트릭님……."

체란티아나 시미즈와는 달리, 강림 상태 내내 한마디도 없던 패트릭의 기운이 사라졌다.

'과묵하신 분이네.'

그것이 불편하다기보다는, 오히려 믿음직스럽게 느껴졌다.

"일단 보상부터 확인할까."

카이가 가장 먼저 확인한 것은 단연 칭호였다.

[할리를 처치한 자]

[등급 : 스페셜]

[내용 : 검은 해역의 군주, 할리를 처치한 자에게 주는 특별한 칭호.]

[효과 : 지능 +50, 마나 회복 속도 대폭 증가.

마법 저항력 50% 상승.

(이 효과는 칭호를 장착하지 않아도 적용됩니다.)]

"호오."

엄밀히 따지자면 할리는 시 서펜트, 즉 해룡이다.

'천공신의 말에 따르면 서대륙의 드래곤과 동대륙의 용은 종류 자체가 달라.'

하지만 할리는 뮬딘 교에서 만들어낸 인공적인 생물. 그래서인지 드래곤이나 용과 관련된 칭호는 나오지 않았다.

'아오사를 처치했을 때 얻은 칭호랑 비슷하네.'

물론 그 효과는 천지 차이였다.

'지능 50 상승에 마나 회복 속도 대폭 증가라……'

최근 마법 스킬을 다루면서 항상 마나 부족 현상을 겪고 있는 카이에게는 마른하늘의 단비 같은 존재였다. 하지만 더욱 중요한 메인 디쉬는 따로 있었다.

'마법 저항력 50% 상승. 이게 메인이지.'

카이는 마법 저항력이 높은 것은 이미 비밀이라고 할 것도 없이 유명했다. 왜냐하면 검은 별 길드의 마법사들을 정면에서 때려 부수면서 세상 사람들이 모두 알게 되었으니까.

오죽하면 커뮤니티의 마법사들이 상대하기 싫은 유저 1위로 카이를 꼽았을 정도.

'하지만 여기서 더 높아진다고?'

카이가 글렌데일에서 오크 주술사를 잡고 습득했던 유니크 스킬, 주문저항의 피부. 초급 1레벨 때 마법 저항력을 30% 상승시켜주던 그 스킬은, 레벨이 하나 올라갈 때마다 0.5%씩 상승했다.

'그리고 현재 주문 저항의 피부 스킬은……'

카이가 스킬창을 열었다.

[고급 주문 저항의 피부(Passive) LV.3]

마법 저항력이 41.5% 상승합니다.

숙련도 12/100

현재 주문 저항의 피부는 무려 고급 3레벨. 마법 저항력이 41.5%나 상승하는 효과를 지니고 있었다.

'여기다가 50% 추가적으로 상승된다.'

마지막으로 최초의 오크 주술사 사냥꾼 칭호에 달린 마법 저항력 +10%까지. 그것들을 모두 합치면 최종적으로 자신의 마법 저항력을 두 배가량 증가한다는 소리였다.

'하물며 지금처럼 내가 백룡 세트를 입고 있다면?'

카이의 입꼬리가 자연스럽게 말려 올라갔다.

'확실해. 이제 마법 때문에 곤란해질 일이 없겠어.'

물론 아주 고레벨의 보스라거나, 유저들의 주문력이 상향평준화되면 또 모른다. 하지만 그건 카이가 지금 이 수준으로 가만히 멈춰 있을 때의 이야기.

'나도 계속해서 성장하겠지. 그러니까 문제없어.'

스윽, 스윽.

카이는 자신의 머릿속에서 마법이라는 두 글자를 지워냈다. 자신을 위험에 빠뜨릴 수도 없는 것을 늘 염두에 둘 만큼 한가하지는 않았으니까.

"해룡의 비늘이야 뭐 대수롭지 않을 테고……"

이제는 유니크 비늘 재료 아이템마저 대수롭지 않게 생각하는 랭킹 1위!

카이의 시선이 해룡의 눈물이라는 아이템을 향해 돌아갔다. 그것은 하나의 반지였다. 굽이치는 물결무늬가 조각되어 있는 푸른 반지.

"아이템 감정."

[해룡의 눈물]

등급 : 유니크

모든 스탯 +10

수중에서의 움직임 보정 +100%

스킬 '수압포' 사용 가능.

시 서펜트 할리의 눈에서 떨어진 눈물이 굳어져 만들어진 반지. 그는 대체 왜 울었을까?

착용 제한 : 레벨 450.

내구도 100/100

아이템의 설명을 쳐다보던 카이는 웃음을 참지 못하고 빵 터졌다.

"하하하하! 뭐야, 운 거 맞잖아?"

안 울었다고 빡빡거리며 우기더니, 이 고고한 해룡은 결국 눈물을 흘린 것이 맞았다.

"그나저나 수압포라니. 할리가 사용하던 그거인가?"

카이는 반지를 손가락에 끼우며 스킬을 사용해 봤다.

"수압포."

동시에 사방의 바다에서 끌려온 물들이 카이의 반지 앞에 집결되며 압축되기 시작했다. 그러기를 잠시, 카이에게 느낌이 왔다.

'스킬 충전이 끝났다.'

카이는 하늘 위에 잔재해 있는 소량의 먹구름을 향해 수압 포를 뿜어냈다.

콰아아아아아아아!

먹구름이 흩어지며 완벽하게 맑아진 하늘이 세상을 물들였고, 그 위로 진한 무지개가 걸쳐졌다.

"좋네. 그리고 절대영도까지."

[절대영도]

등급 : 유니크

일대의 모든 것을 얼려 버립니다.

"어우, 살벌해."

막강한 무기는 살벌하지만, 자신의 손에 들려 있을 때는 그 무엇보다도 믿음직스러운 법.

[스킬-절대영도를 습득했습니다.]

이번 전투를 통해, 이미 괴물이었던 카이의 전력은 다시 한 번 크게 강해졌다.

"크윽, 도대체가……."

"끝이 안 나는군."

이카루스와 블리자드가 피곤하다는 표정으로 하늘을 덮고 있는 가고일들을 쳐다보았다. 두 사람의 실력은 가고일들 수십이 덤벼도 끄떡없을 정도로 대단했지만, 문제는 숫자였다.

'상대가 너무 많아.'

'죽여도, 죽여도 끝날 기미가 보이지 않는다.'

심지어 가고일들의 우두머리처럼 보이는 존재는 뒷짐을 진 채 구경만 했다.

'우리의 체력이 빠질 때까지 기다릴 셈이군.'

눈을 가늘게 뜬 블리자드는 녀석의 속셈을 알아차렸지만, 별다른 방도가 없었다.

'마스터께서 돌아오시는 걸 기다릴 수밖에…….'

두 사람의 움직임은 방어적인 형태를 취하기 시작했다.

그러던 중 사건이 터졌다.

"크아악!"

"이카루스!"

어엿한 하나의 전사가 되었다고는 하나, 이카루스는 아직 어린 아이. 블리자드가 우려하던 경험 부족이 결국 사고를 불러온 것이었다.

"끝났군."

이를 지켜보던 카즈룬이 그제야 움직임을 개시했다.

"전군, 한꺼번에 달려들어서 저 두 놈을 죽여 버려라."

이카루스가 더 이상 비행을 할 수 없는 상황인 이상, 블리자드는 그 옆을 지킬 수밖에 없었다.

두 사람 특유의 날쌘 몸놀림과 기동력이 봉인된 순간!

"수압포."

콰아아아아아아아!

시원한 물줄기가 뿜어져 나오며 가고일들의 군세를 헤집기 시작했다.

"이. 이건……."

이에 가고일들의 왕, 카즈룬은 눈에 띄게 당황했다.

'분명 할리님의 기술이다. 하지만 그분이 갑자기 왜?'

그의 두 눈에 한 명이 인간이 보였다. 이 자리에 있어서는 안 될 인간이었다.

"네놈이 어째서 여기에? 할리님은……!"

"걘 죽었어. 하지만 내 마음 속에서 살아가고 있지."

간결하게 설명하며 걸어온 카이가 무심하게 경고했다.

"나는 계속해도 괜찮을 것 같은데, 어쩔래?"

"……."

수압포 한 번에 절반 이상이 사라진 가고일 부하들을 쳐다보며, 카즈룬은 고개를 푹 숙였다.

"……이곳을 떠나게 해다오."

"마음 바뀌기 전에 사라져."

펄럭, 펄럭!

카즈룬과 가고일이 부리나케 도망을 치자, 카이는 쓰러진 이카루스에게 다가갔다.

"으으…… 카이 형……."

"방심은 금물이라고 했지. 가고일 상대로 뭐하는 거야."

그의 상처를 치료한 카이는 싱긋 웃으며 말했다.

"소감은 어때?"

"어…… 아프진 않은 것 같아요."

"아니, 그거 말고."

카이가 가만히 고개를 들어 하늘을 쳐다보았다.

해룡 할리가 사라지며 흩어진 먹구름들. 그리고 떠오른 밝은 태양이 조인족 전체를 비추기 시작했다.

"아…… 아아아……."

이카루스의 두 눈에 눈물이 고이기 시작했다.

"오늘따라 우는 애들이 많네…… 눈이 부셔서 눈물이 나오는 거야, 아니면 감동스러워서 그러는 거야?"

카이의 물음에 이카루스가 환하게 웃으며 대답했다.

"제가 상상했던 태양이랑 너무, 너무 똑같이 생겨서요."

태양을 보며 하늘을 날고 싶었던 아이가 소원을 성취하는 순간이었다.

96장
동부의 신성

이후의 일은 일사천리였다. 방해물이 없어진 조인족들은 바다 위를 날아 리버티아 쪽으로 향했다.

"그럼 리버티아에서 보세."

"네, 거스트 님도 조심해서 와주세요."

"물론이지. 조인족들이여, 날개를 펴라!"

거스트가 이끄는 조인족들은 생에 처음 겪어보는 비행에 맛이 들려 금세 점이 되어 사라졌다.

"그럼 이제 나도 움직여 볼까."

"그대의 노고에 경의를 표하지."

천공신이 말했다.

[천공신의 부탁 퀘스트가 완료되었습니다.]
[레벨이 10 상승했습니다.]
[스탯 포인트를 50개 획득했습니다.]
[명성이 100,000 상승했습니다.]

"당연히 해야 할 일을 했을 뿐이죠. 저도 재미있었습니다."

"……태양신이 질투 날 지경이군. 대체 무슨 짓을 했길래 이 토록 유능한 이가 따르는 건지."

부럽다는 표정을 지은 천공신 이스카는 한숨을 쉬었다.

"나의 아이들을 잘 보살펴 주기를 바라네. 새장에 갇혀 평화 에 찌들어 있던 그들은 빠르게 야성을 찾아가고 강해져서 그 대에게 보답할 걸세."

"기대하겠습니다."

천공신과의 짧은 해후를 마친 카이는 곧장 리버티아로 이동 했다. 리버티아는 이제 24시간 내내 사람들이 북적거리는, 명 실상부한 도시였다.

유저들이 갑자기 나타난 카이를 쳐다보며 숙덕거렸다.

"와, 장비 퀄리티 무엇?"

"레벨이 대체 몇이지? 최소 랭커 같은데……."

"그건 모르겠고, 아이템 때깔 죽인다."

다행히 백룡 세트의 투구까지 완벽히 착용한 카이의 얼굴을 알아보는 이는 없었다. 물론 다른 의미로 큰 주목을 받기는 했지만.

'후, 지친다.'

칠흑의 해역에서 지낸 것이 근 한 달이었다. 말은 안 했지만 그 시간 동안 축적된 피로는, 모든 일이 끝나자 카이를 덮쳐왔다.

카이는 유저들을 지나쳐 영주의 자신의 저택으로 향했다.

"앗, 카이다."

"집 주인 왔다."

"피곤해 보이는데?"

"그런 것 같은데."

요정들이 재잘거리며 오랫만에 방문하는 카이를 반겼다. 입구에서부터 차가운 엘프의 차와 물에 적신 손수건, 그리고 신기 편한 슬리퍼까지 준비해 주는 유능한 요정들!

"고마워. 좀 낫네."

장비를 해제하며 그대로 침실로 향한 카이는 그 위로 엎어지며 물었다.

"천하제일야장대회는?"

"우리는 집에만 있어서 잘 모르는데."

"그래도 띄엄띄엄 듣기로는 잘 끝났다고 들었어."

"우승자가 드워프래!"

"바보, 드워프들끼리 경연한 거거든?"

"경연이 뭔데?"

"어……."

요정들의 귀여운 수다를 듣고 있자면 피로가 싹 풀리는 기분이었다.

카이는 얼음이 동동 띄워진 엘프의 차를 마시며 스탯 창을 띄웠다.

[카이]

[직업 : 태양의 사제]

[레벨 : 474]

[칭호 : 신의 대리자]

[생명력 : 213,200]

[신성력 : 385,500]

[능력치]

힘 : 2,967 / 체력 : 2,132

지능 : 1,984 / 민첩 : 1,477

신성 : 3,855 / 위엄 : 1,424

선행 : 654

남은 스탯 : 170개

독 저항력 +30

마법 저항력 +101.5%

자연친화력 +200

2위를 두고 다투는 유하린과 크리스가 이제 겨우 400레벨에 진입한 걸 생각하면, 그야말로 압도적인 레벨이었다.

'쌓인 스탯이 제법 많네. 어디다 쓰지?'

딱히 올릴 만한 스탯이 없어서 계속 모아두고 있었더니, 무려 170개가 되어버렸다.

'지능을 좀 올려볼까? 최근 마나가 부족한 것 같으니까.'

요즘 중력장을 굉장히 유용하게 사용하고 있고, 이번에 절대영도 스킬도 배웠으니 지능을 올려서 나쁠 건 없었다.

"힘에 10, 지능에 160 투자."

[힘 40, 지능 640이 상승했습니다.]

스탯을 올릴 때마다 절로 흐뭇해지는 목격자 칭호들의 어시스트였다. 카이는 드디어 3,000을 돌파한 힘과, 2,000을 넘긴 지능을 보며 만족스러운 미소를 지었다. 심지어 할리를 처치한 자의 효과로 마나 재생 능력도 대폭 강화된 상태였으니, 이 정도면 급한 불은 껐다고 볼 수 있었다.

카이는 손을 휘저어 스탯 창을 치우며 요정들에게 물었다.

"다른 특별한 일들은?"

"우리는 잘 몰라."

"그런데 자꾸 엘프 여왕님이랑 인어 국왕님, 드워프 국왕님이 여기 찾아오셔서."

"……여긴 왜?"

"몰라. 영주님 안 오셨냐고 맨날 묻던데."

"품에는 맨날 서류 뭉치 엄청 많이 들고 오던데."

"그거 집 주인이 다 해야되는 거 맞지?"

"끄웅."

결제 서류들임이 틀림없다.

'영지 하나 관리하는 것도 이렇게 힘들구나.'

카이가 밀린 결제 도장을 찍기 위해 지친 몸을 일으키는 순간.

"아, 맞다. 편지 왔는데."

"……편지?"

"응. 국왕한테서 왔어."

"무슨 국왕? 카리우스님? 아니면 카룬달님?"

카이의 질문에 요정들이 동시에 고개를 저었다. 아이돌의 칼 군무는 봤어도, 요정들의 칼 도리도리는 처음 본 카이는 살짝 감탄했다.

"인간 국왕한테서 온 거야."

"……인간 국왕이라면, 베오르크 국왕님?"

"나는 모르지."

"바보, 그것도 몰라?"

"그럼 너는 알아?"

"헤헤, 사실 나도 몰라."

카이는 다시 장난을 치는 요정들을 보며 자신의 책상으로 다가갔다. 과연 그 위에는 라시온의 인장이 박혀 있는 고급스러운 편지 한 장이 놓여 있었다.

"갑자기 무슨 일로…… 아! 설마?"

그 내용을 대충 짐작해낸 카이가 울상을 지으며 편지지를 뜯었다.

[카이 남작에게. 하인드 백작과의 조율이 드디어 끝이 났다. 영지의 인계를 위해선 그대가 필요하니 사흘 후 왕궁을 방문하라.]

안부 따위는 없고, 할 말만 적혀 있었다.

'하긴, 그 호랑이 같은 성격에 안부 인사를 적을 리가.'

후우, 카이는 짙은 한숨을 내쉬었다.

"본격적으로 돌리는 영지가 두 개만 되어도 이렇게 힘들어

죽겠는데⋯⋯."

침공 이벤트 때 카이의 도움을 받아 겨우 살아남은 바덴 성의 영주, 하인드 백작은 그에게 두 개의 영지를 주기로 했다.

'생각보다 조금 오래 걸리기는 했지만, 영지 일이니 어쩔 수 없나.'

카이는 정상적인 공성전을 치르지도 않았고, 하인드 백작과 가족 관계인 것도 아니었다. 영지는 귀족이 다스리고 있다지만, 이 나라의 모든 재산은 국왕인 베오르크의 것.

당연히 영지를 두 개나 넘기는 데에는 그의 허락이 필요했다.

'그 조율이 이제야 끝났나 보네.'

카이는 편지지의 뒤에 적힌 발신 날짜를 보며 계산했다.

'편지를 보낸게⋯⋯ 이틀 전이잖아?'

바로 내일 또 수도를 방문해야 하다니.

심지어 왕궁에는 아직 조금 껄끄러운 인물도 있었다.

'파발, 그 녀석 좀 부담스러운데.'

자신에게 큰 가르침을 받았다고 생각하는 파발은 대머리를 반짝이며 열렬한 호의를 보냈다. 문제는 그 정도가 좀 과하다는 것이었다.

"끄응. 최대한 안 마주치길 바라야지, 뭐."

베오르크의 편지는 일종의 초대장과도 같은 역할을 하고 있었다. 카이는 그의 편지를 인벤토리에 잘 갈무리하며 요정들에게 물었다.

"그럼 이제 진짜 다른 일은 없는 거지?"

"음, 다른 건 별로."

"아! 하나 있다."

"뭔데?"

카이가 묻자, 꺄르르 웃은 요정들이 날갯짓을 하며 침실을 나섰다.

"따라와, 집주인!"

"카이는 깜짝 놀랄걸."

장난스러운 그녀들은 카이를 저택의 서재 방 앞으로 안내했다.

"열어봐."

"놀랄걸, 놀랄걸."

"……대체 뭔데 그래. 이제 좀 불안하다."

고작 한 달 동안 집 좀 비웠다고 밀린 일이 한두 개가 아니었다.

끼이이익.

카이가 조심스럽게 방문을 여는 순간, 그는 무언가가 자신을 덮쳐오는 것을 느끼며 옆으로 피했다.

"와! 멋있어!"

"반사신경 좋아!"

"막막 빨라!"

그의 재빠른 몸놀림에 요정들이 손바닥을 부딪치며 박수를 쳤다.

"이게 다 무슨……."

우르르르.

카이는 방 안쪽에서부터 쏟아져나온 선물 꾸러미를 보며 아연실색한 표정을 지었다.

자신의 서재 방은 15평 정도의 크기로, 절대 좁은 공간이 아니었다. 하지만 현재 서재방 내부는 선물 상자들로 가득 차 있었다.

"설명이 좀 필요할 것 같은데."

"천하제일야장대회 끝나고 다른 귀족들이랑 상단, 왕족과 황족까지 뭘 보냈어."

"제발 드워프 좀 파견해 달래."

"저기 안에 보면 유니콘의 뿔을 갈아서 만든 차도 있다? 그거 맛있더라."

"얘, 조용히 해!"

"……."

카이는 선물 상자를 보고도 두려운 감정을 느낄 수 있다는 걸, 그날 처음 깨달았다.

"이 사람아, 어디 있다 인제 오나!"

"서류! 서류에 결재 사인 좀 해주게!"

"지금 밀린 서류들 때문에 도시가 마비될 지경이라구요!"

"끄응."

카이는 눈에 불을 켜고 달려드는 각 종족의 우두머리들을 보며 한숨을 쉬었다.

"알았으니 서류 주세요."

오랜만에 영지를 방문한 영주를 기다리는 건 축제 따위가 아니었다. 그저 업무의 지옥뿐!

카이는 꼬박 한나절 동안 자리에 앉아 결제 서류에 사인을 했다.

피곤해서 조금이라도 쉬려고 하면…….

"사도께서는 스스로 치료하실 수 있잖아요. 엄살 부리지 말고 어서 사인해 주세요."

"꼬박 한 달을 기다렸네. 더 이상은 나도 양보 못 함세!"

"……."

그의 모든 것을 알고 있는 아인종 대표들은 그를 절대 놓아주지 않았다. 결국 아침 해가 뜰 때 시작한 서류 정리는 새벽이 되어서야 끝이 났다.

"……이렇게 하죠. 그냥 앞으로 간단한 사안은 여러분의 권한으로 처리하세요."

"하지만 그렇게 되면 영주의 권위가……."

"괜찮습니다. 제가 허락할게요."

앞으로도 얼마나 자주 자리를 비워야 할지 모르는데, 이런 일을 매번 겪을 수는 없었다.

"흠흠. 그럼 드워프 장인들을 파견하는 건 어떤 식으로 진행하면 되겠나?"

"그건 제가 리스트를 대충 추려놨습니다. 이거 보고 진행해 주세요."

카이는 리스트를 그들에게 한 부씩 분배했다.

"호오, 사실 이득을 보고 싶다면 두 제국 사이에서 줄다리기를 하는 것이 나을 텐데……."

"아뇨. 두 제국의 배를 불리기보다는 다른 왕국과 세력, 영지들을 상향 평준화시키는 게 낫습니다."

물론 카이는 세계 8대 길드. 특히 자신과 사이가 그리 좋지 않은 이들에게는 드워프 장인들을 파견 보내지 않았다.

세계 8대 길드 중에서 드워프 장인이 파견 나간 곳은 단 두 곳. 바로 워리어스와 천화 길드뿐이었다.

'워리어스의 발칸은 자탄 레이드 때 내 사정을 많이 봐줬고…… 설은영 씨는 워낙 날 도와준 적이 많으니까.'

이렇게라도 갚아나가는 것이었다.

"그럼 영지에서의 일은 대강 끝난 겁니까?"

"음. 대충 급한 불은 끈 것 같군."

"조인족들이 머지않아 도착할 겁니다. 혹시 제가 없을 때 온 다면 따뜻하게 잘 맞아주세요."

"조인족의 우두머리는 아직 네이르 님이신가?"

"아뇨, 거스트 님이던데요."

"오, 거스트라, 그 녀석과는 안면이 있는 사이이니 잘 챙겨주 겠네. 큰 걱정하지 말게나."

카리우스의 말에 마음을 놓은 카이는 떠오르는 태양을 보 며 눈살을 찌푸렸다.

'왕궁을 방문해야 하는 건 오전 11시. 그러니까…….'

한 네 시간 정도의 여유는 있었다.

'그러고 보니 나한테 온 선물 중에서 해외의 유명한 과자와 사탕들도 제법 많았지?'

그 사실을 떠올린 카이는 자리에서 일어나며 대표들에게 인 사했다.

"그럼 오늘 다들 수고하셨습니다."

"그대가 제일 많이 수고했지 뭘."

"고생하셨어요, 카이 님."

"고생했네."

인사를 마친 카이는 자신의 저택으로 돌아가 과자와 사탕 꾸러미들을 바리바리 싸 들었다.

한 달 만에 방문하는 천상의 정원은 여전히 아름다웠다.

'무지개 분수도 그대로고, 화원도 그대로네. 아! 대신 그림이 많이 추가되었구나.'

가장 중요한 헬릭은 그녀가 항상 차를 마시고 쿠키를 먹던 테이블 의자에 앉아 눈을 감고 있었다.

'대체 뭘 하시는 거지?'

호기심이 들어 가까이 다가간 카이는 그녀가 하는 행동을 가만히 지켜보았다. 헬릭은 눈을 꼭 감은 채, 검지와 중지를 양쪽 관자놀이에 올려놓고는 중얼거리는 중이었다.

"사탕이가 온다…… 초콜릿이 온다…… 케이크도 손을 잡고 온다…… 앗! 아이스크림도 같이 온다……."

"……."

일종의 텔레파시를 보내고 있는 모양.

이를 쳐다보던 카이는 옅은 한숨을 내쉬더니 돌연 소리를 질렀다.

"어어어어!"

일부러 과장된 몸놀림으로 바닥에 넘어지는 카이. 그는 눈을 동그랗게 뜨며 자신을 내려다보는 헬릭을 향해 어색한 미소를 지었다.

"아, 아니…… 이게 어떻게 된 일이지? 갑자기 이곳으로 이동되었네……."

열 살짜리 아이도 간파할 수 있을 정도의 볼품없는 연기였지만, 순수한 영혼의 소유자인 헬릭은 두 눈을 크게 떴다.

"지, 진짜 되는 것이냐!"

벌떡 일어나며 소리치는 헬릭.

그녀는 잔뜩 상기된 표정을 짓더니, 이내 팔짱을 끼며 다시 위엄 넘치는 표정을 되찾았다.

물론 그것은 본인의 희망 사항일 뿐. 연신 씰룩거리는 입꼬리와 볼살은 그녀가 행복에 겨워하고 있다는 것을 여실히 보여줬다.

"카이여. 나의 위대함을 조금 더 찬양해도 좋으니라."

"와아. 태양신 만세에."

카이가 성의 없게 두 손을 들어 올리며 그녀를 찬양했다.

그럼에도 헬릭은 몹시 마음에 든다는 표정으로 고개를 끄덕였다.

"음음, 그대도 당황했을 것이다. 바쁜 업무 중에 갑자기 이곳에 소환되었으니…… 하지만 그것은 그대가 평소에 간식을 잘 챙겨주지 않아서 생긴 문제. 앞으로는 유의하도록 하여라."

"알겠습니다."

"그래서 오늘은 뭘 가져왔느냐?"

카이에게 가까이 다가온 헬릭은 쪼그려 앉아 카이의 손에 잡힌 꾸러미를 보며 물었다.

"아, 오늘은 평소에 가져오던 것과 조금 다릅니다."

꾸러미를 연 카이는 해외의 귀족과 상인들이 보낸 먹거리를 하나씩 꺼냈다.

"이건 아란 왕국의 분자 사탕이래요. 입안에서 톡톡 튄다고 하니 재밌으실 거예요. 그리고 이건 하비에르 왕국 특유의 건조한 환경에서 만들어낸 14겹짜리 페스트리 쿠키라고 하네요."

"우와아아아!"

헬릭의 눈이 밤하늘의 별처럼 반짝였다. 그녀의 손이 자동으로 꾸러미를 향해 가자, 카이가 가볍게 제지했다.

"왜, 왜 그러느냐?"

헬릭이 굉장히 서럽다는 눈빛으로 물었다. 이 세상에서 가장 서러운 건 바로 음식을 눈앞에 두고 못 먹게 하는 것이었으니까.

"하루에 과자 세 개씩만 드셨어요?"

"응!"

"양치는 제대로 하셨어요?"

"으으응……."

헬릭이 거짓말을 할 때는 티가 난다. 왜냐하면 목소리에 실린 힘부터가 다르고, 시선을 마주치지 못하니까. 게다가 바닥을 쳐다보는 그녀의 눈동자는 연신 가늘게 떨리는 중이었다.

"아! 해보세요."

카이가 요구했다.

"아!"

물론 치아 상태를 봐도 비전문가인 카이가 내릴 수 있는 판단은 한정적이었다. 잠시 고민을 하던 카이가 심각한 표정으로 고개를 절레절레 저었다.

"양치를 잘 안 하시는 것 같네요. 계속 이러시면 같이 치과를 가는 수밖에 없겠어요."

"치과? 이름만 들어도 불길한 장소구나."

헬릭이 덜컥 겁을 냈다. 그야 치과는 이름만 들어도 가기가 싫어지는 마성의 단어였으니까.

"가기 싫으면 양치질 잊지 말고 제대로 하세요."

"응응. 그러겠느니라."

"⋯⋯그럼 여기 있습니다."

카이가 간식 보따리를 건네자, 헬릭이 두 손을 공손하게 내밀어 이를 받았다.

'우리 헬릭 님은 예의까지 바르시네!'

잘했다고 그녀의 머리를 쓰다듬는 카이. 그는 과자를 꺼내다 연신 행복한 미소를 짓는 헬릭을 바라보며 미소를 지었다.

문득 패트릭이 자신에게 남겼던 말이 떠올랐다.

'이렇게 귀여운 헬릭 님에게 아픔이 많았다니, 그건 대체 무슨 일이었을까?'

물어보고 싶은 마음이 일었지만, 카이는 그 마음을 지그시 눌렀다. 만약 그것이 정말 헬릭을 괴롭게 만들었던 기억이라면 떠올리게 하는 것조차 굉장히 미안한 일이었으니까.

"그냥 이대로만 자라주세요. 헬릭 님은."

"응?"

헬릭은 자신의 머리를 쓰다듬는 카이를 올려다보며 연신 물음표를 띄웠다.

"여긴 언제와도 분주하네."

라시온 왕국의 수도, 레이아크는 항상 사람들로 붐볐다. 그야 초보자들이 시작의 마을로 선택하기엔 안성맞춤인 장소였기 때문이다.

'성문만 나가면 초보자 사냥터부터 골고루 위치해 있지.'

수도에서 시작을 하면, 100레벨까지는 아무 걱정 없이 캐릭터를 육성할 수 있을 정도였다.

'리버티아도 이래야 하는데.'

동시에 카이의 눈동자에 짙은 아쉬움이 떠올랐다.

리버티아 근처에도 사냥터가 있긴 했지만, 그곳에 나오는 몬스터들은 최소 300레벨을 바라보는 유저들만이 사냥할 수 있을 정도였으니까.

'어쩔 수 없지. 그렇다고 억지로 사냥터를 개발할 수도 없는 노릇이니까.'

아쉬움을 삼킨 카이는 북적이는 거리를 넘어 왕궁으로 향했다.

"오늘 무슨 날인가?"

오늘따라 왕궁의 입구에는 긴 마차들이 꼬리에 꼬리를 물고 줄을 서 있는 중이었다.

'나도 줄 서야겠네.'

얌전히 줄에 합류한 카이는 자신의 차례가 오기를 기다렸다. 오늘따라 철저하게 신분 검사를 하는지, 끝이 보이지 않을 정도로 긴 줄은 좀처럼 줄어들지 않았다.

그때, 뒤쪽이 소란스러워지기 시작했다.

'무슨 일이지?'

고개를 돌려 뒤를 쳐다본 카이의 눈살이 찌푸려졌다.

"뒤와 남작 아닌가, 이런 곳에서 보다니 반갑군."

"신바 백작님. 그간 강녕하셨습니까."

"나야 잘 지냈네만 오늘은 줄이 길어서 그런지 기분이 영 안 좋군."

"괜찮으시다면 제 앞에 서시지요. 저는 조금 늦게 들어가도 괜찮습니다."

"정 그렇다면야 뭐…… 남작의 호의는 기억해 두겠네."

일명 새치기를 하는 존재가 눈에 들어온 탓이었다. 그것도 몰래 끼어드는 새치기가 아니라, 자신의 권력과 위치를 내세운 협박성 새치기였다.

"흐음."

그의 마부가 끌고 있는 마차가 카이의 뒤까지 이동하는데 걸린 시간은 그리 길지 않았다.

"혹시 성함이……?"

마부가 카이를 내려다보며 물었다.

카이는 뒤를 슬쩍 돌아보며 말했다.

"카이라고 합니다."

"아이! 혹시 동부 쪽의 리버티아를 이끌고 계시는?"

"예."

"아하, 카이 남작님이셨군요. 시골에서 올라오시느라 수고가 많으십니다."

카이를 내려다보는 마부가 피식거리며 비웃음을 흘렸다. 자신의 주인이 백작인 것에 비해 상대는 마차도 없는 시골 영지의 남작이었으니까.

'……어딜 가나 이런 놈들은 꼭 하나씩 있지.'

힘 있는 자들의 밑에서 그 권력이 자신의 것인 양 착각하는 사람들. 카이는 더 이상 그런 이와 말을 섞기 싫었기에 고개를 앞으로 돌렸다.

하지만 마부는 그를 놓아줄 생각이 없어 보였다.

"카이 남작님께서는 마차를 타고 오지 않으셨군요?"

"예."

"폐하의 귀에 들어가면 예를 갖추지 않았다고 상당히 노여워하실 수도 있을 텐데, 괜찮으십니까?"

"그건 그쪽이 신경 쓸 일은 아닌 것 같군요."

카이가 못을 박아버리자 마부는 눈살을 찌푸리면서도 감히 반박하지 못했다. 자신이 아무리 백작의 마차를 몰고 있다지만, 상대는 귀족이었으니까.

"크흠."

그래서 그 주인이 입을 열었다. 창문을 통해 살짝 고개를 내민 마차의 주인이 손을 까딱였다.

"카이 남작이라고 했나? 굉장히 젊군."

아무리 카이라도 백작이 하는 말을 무시할 수는 없었기에, 석낭히 고개를 끄덕여 줬다.

"예, 젊습니다."

"나 서부의 신바 백작일세. 자네에 대한 소식은 몇 번 들었지. 나이에 걸맞지 않게 유능한 친구라고."

그의 말에 카이가 조소를 지었다.

'나이에 걸맞지 않게 유능하다라.'

그것은 뒤집어 말하면, 유능하지만 그래 봐야 제 또래에 비해서 우수한 수준이라는 말과 다를 바가 없었다.

"좋게 봐줘서 감사하군요. 저도 뭔가 덕담을 해드리고 싶지만, 백작님에 대해서는 딱히 들은 바가 없어서."

카이의 말에 신바 백작의 안색이 살짝 굳었다. 리버티아를 시골이라 비하했는데, 카이는 신바 백작에 대해 들은 적이 없다고 했다. 한 마디로 이런 시골까지는 네놈의 이름이 퍼지지 않았다는 비꼬기였다. 물론 카이는 실제로도 신바 백작에 대해 들은 바가 없었다.

"……젊은 남작이여, 인생의 선배로서 충고를 하나 해도 괜찮겠나?"

"아뇨. 안 괜찮으니 하지 말아주십시오."

카이가 딱 잘라 거절하자 신바 백작이 멍하니 입을 벌렸다. 지금까지 자신의 앞에서 이런 식으로 당당하게 굴었던 사람은 없었으니까.

'자작들은 물론 같은 백작들조차도 내 앞에서는 고개를 조아리는데…….'

서부의 대영주인 신바 백작이 자존심에 상처를 입고 입술을 살짝 깨물었다. 물론 화가 난다고 소란을 피울 수는 없었다. 자신의 영지였다면 저런 버릇없는 남작을 두고두고 혼내줬을 테지만, 이곳은 왕궁의 입구였으니까.

'놈. 운 좋은 줄 알아라.'

신바 백작은 거칠게 창문을 닫으며 들으라는 듯이 큰 소리로 중얼거렸다.

"후우, 이래서 근본 없는 시골 촌것들은, 그렇지 않니?"

"맞습니다, 아버님."

"들어보니 리버티아는 짐승들이 사는 장소라고 하던데, 가본 적 있느냐?"

"제가 아무리 상단을 운영하고 있다지만, 그런 시골까지 가서 장사하고 싶지는 않습니다. 비린내와 짐승 똥 냄새가 진동하지 않겠습니까?"

"하하하하! 과연 그렇겠구나."

제 아들과 대화를 하는 듯한 내용이었다. 하지만 이건 누가 봐도 카이보고 들으라고 하는 소리였다.

'재미있네.'

카이는 신선함을 넘어 당황스럽다는 감정을 느꼈다.

최근 들어 감히 자신을 이렇게 대하는 존재는 없었으니까.

'하긴. 최근 NPC들이랑 부대끼는 일이 별로 없기는 했지.'

그래서인지 잠시 잊고 있었지만, 원래부터 미드 온라인의 귀족 중에는 저런 이가 많았다. 예전 아쿠에리아의 영주와 화이

트홀의 영주도 저랬으니까. 오죽하면 유저들이 귀족 NPC의 갑질 좀 줄여달라고 페가수스 사에 매번 항의를 하겠는가.

'솔직히 나만 가지고 구시렁거리면 참아주려고 했는데…….'

자신의 영지민인 아인종들을 저런 식으로 비하하는 건 도저히 참아 넘길 수가 없었다.

"……중력장."

카이가 살짝 중얼거리자, 신바 백작의 마차에 가해지는 중력이 순식간에 몇 배나 증가했다.

여기서 카이의 절묘한 컨트롤이 빛을 발했다.

마부나 안쪽의 인물들에게는 영향을 주지 않고, 오직 마차에 실리는 중력만 증가시킨 것이다. 당연히 부하를 이겨내지 못한 마차가 비명을 내질렀다.

콰지지지직!

"헉!"

"이, 이게 무슨!"

깜짝 놀란 신바 백작과 그의 아들이 부서진 마차에서 엉금엉금 기어 나왔고, 마부가 그들을 부축했다. 중력장 스킬을 해제한 카이는, 정신을 못 차리는 그들을 바라보며 미소를 머금었다. 물론 그의 속을 긁는 것도 잊지 않았다.

"저래서 마차는 튼튼한 걸 써야 하는데. 돈 몇 푼 아끼겠다고 싸구려 쓰면 큰일 나는 법이지."

"이…… 이!"

봉변을 당해 얼이 빠진 신바 백작의 속을 제대로 긁는 중얼거림이었다. 거인이 짓밟기라도 한 듯 산산조각이 나버린 고급스러운 마차는 단번에 주변 귀족들의 관심을 이끌었다.

"이게 대체 무슨 소란인가?"

"신바 백작의 마차가 갑자기 부서졌습니다."

"……꼴좋군."

"그야말로 태양신 만세로군."

"주, 주인님! 들리겠습니다."

"크흐흠!"

귀족들은 기본적으로 프라이드, 즉 자존심이 높은 존재들이다. 그런 이들을 더 높은 권력으로 무시하며 갑질을 해대는 신바 백작은 당연히 환영받지 못하는 존재. 그의 봉변은 주변 귀족들에게 시원함과 동시에 고소함을 안겨주었다.

"이이……!"

마부는 바닥을 엉금엉금 기어 다니는 신바 백작을 빠르게 부축한 뒤, 그의 몸에 묻은 먼지를 털어냈다.

"괘, 괜찮으십니까, 주인님?"

"닥쳐라."

낮게 으르렁거리며 죄 없는 마부에게 화풀이를 한 신바 백작은 카이를 노려보았다.

"방금 뭐라고 했지?"

"아무 말도 안 했습니다만."

물론 그렇게 노려본다고 기가 죽을 일 없는 카이는 심드렁한 목소리로 대꾸했다.

그것이 신바 백작의 속을 다시 한번 긁었다.

'감히 나와 대화를 하면서 저딴 표정, 목소리를 뱉어내?'

누가 봐도 자신을 귀찮게 여기는 듯한 표정과 목소리였다.

화가 머리끝까지 차오른 신바 백작의 이마로 핏줄이 올라섰다.

"헛소리! 방금 전에 분명……!"

"무슨 일입니까."

왕궁 주변을 순찰하던 기사들이 소란을 감지하고 그들에게 다가왔다.

'감히 기사 따위가…….'

큰 소리로 호통치려던 신바 백작이 돌연 입을 꾹 다물었다. 그들이 가슴에 달린 엠블렘을 확인했기 때문이었다.

'저 문양은 분명…….'

오직 국왕을 위해서만 움직이는 두 개의 로얄 나이트 중 수호 기사단의 문양이었다. 아무리 백작의 위(位)를 지니고 있다지만 함부로 대할 수 없는 것이 바로 로얄 나이트.

신바 백작은 부들부들 떨리는 입꼬리를 억지로 올리며 응대했다.

"아무것도 아닐세. 마차가…… 마차가 갑자기 고장 나서 말일세."

"……고장입니까."

수호 기사단원들은 산산조각이 난 마차를 물끄러미 바라보며 난감한 표정을 지었다.

"사람을 시켜 고쳐놓도록 하겠습니다. 신바 백작님."

"허허, 왕실에서 이토록 신경을 써주다니, 잊지 않겠네."

다른 귀족들이 쳐다보는 앞에서 왕실의 실세 중 하나인 수호 기사단이 자신의 면을 세워주자, 신바 백작의 얼굴이 환해졌다.

그는 카이를 쳐다보며 살며시 비웃음을 날렸다.

'놈. 이것을 보면 격의 차이를 어느 정도 느꼈겠지.'

수호 기사단을 멍하니 쳐다보며 입도 뻥긋 못하는 저 한심한 작태를 보라.

'그래. 내가 동부의 촌놈을 직접 상대하면서 열을 올릴 필요는 없지.'

왜냐하면 자신에게는 권력이 있으니까.

신바 백작이 억울하다는 표정을 지으며 그들에게 말했다.

"헌데 오랜만에 왕궁을 방문해 보니, 그동안 귀족의 질서가 땅에 떨어진 것 같군."

"예? 그게 무슨……."

"허허, 내 입으로 이런 말을 하기는 부끄럽네만…… 아니,

아무것도 아닐세."

사람을 궁금하게 만드는 방법은 간단하다. 바로 말을 하다
가 끊어버리는 것!

수호 기사단원들이 고개를 갸웃거리자, 신바 백작은 인심을
쓴다는 표정을 지으며 말을 이었다.

"허참. 그렇게들 바라보면 말을 할 수밖에 없지 않은가. 사소
한 말다툼이 조금 있었을 뿐이니 괘념치 마시게들."

"누구와……."

"크흐흐흠!"

신바 백작을 말을 하기보다, 누군가를 물끄러미 바라보며 헛
기침을 했다. 당연히 카이였다.

'유치하기는.'

그의 속내를 모를 리 없는 카이는 어이가 없어져서 피식 웃
음을 터뜨렸다.

"이분이십니까?"

수호 기사단원들이 난감한 표정으로 카이를 쳐다봤다.

"죄송하지만 성함이 어떻게 되십니까?"

"흐으음?"

카이가 재미있다는 듯 말끝을 올리며 신음했다.

확실히 눈앞의 수호 기사단원들은 모두 초면.

'저번에 파발과 대결을 할 때 자리에 없던 녀석들이구나.'

그 말은 수호 기사단 내부에서도 신입이나 다름없는 이들이라는 뜻이다.

"제 이름은……."

카이가 입을 열려던 순간, 우렁찬 목소리가 들려왔다.

"다들 여기 모여서 뭐 하는 거지?"

'아, 망했다.'

카이의 표정이 썩어들어 갔다. 굉장히 귀에 익은 목소리였기 때문이다. 동시에 자신이 왕궁에서 가장 마주치기 싫었던 인물의 목소리이기도 했다.

"다, 단장님을 뵙습니다!"

"충성!"

신입 수호 기사단들이 바짝 군기가 들어간 경례를 올리며 파발을 맞이했다.

"무슨 일이지?"

파발은 특유의 단단한 눈빛으로 장내를 훑으며 부하들의 보고를 들었다.

"흐음. 마차가 부서졌다고? 이렇게 말인가?"

산산조각이 난 마차를 쳐다보며 헛웃음을 터뜨린 파발이 신바 백작을 쳐다보았다.

호랑이가 없는 산에서는 여우가 왕이라던가. 행렬에서 왕 노릇을 하던 신바 백작이 굉장히 조심스러운 듯한 목소리를 뱉어냈다.

그도 그럴 것이, 로열 나이트의 단장은 왕국의 백작과 동급의 취급을 받는다. 게다가 그들은 왕실에서도 실세 중의 실세로 꼽히는 존재. 잘못 걸리면 중앙도 아닌 변방의 대영주 따위는 뼈도 못 추리는 절대 갑이었기 때문이다.

"명성이 자자하신 수호 기사단장님을 이런 자리에서 만나 뵙게 될 줄은……."

"카이 님?"

신바 백작의 말을 끊어낸 파발이 두 눈을 동그랗게 떴다.

"후우."

그는 제 이마를 짚으며 한숨을 내쉬는 카이에게 빠르게 다가갔다.

"카이 님이 어째서 여기에?"

"줄 서 있습니다."

"카이 님이 어째서 줄을……?"

"그게 무슨 말입니까?"

카이가 고개를 갸웃거리자, 오히려 파발이 당황했다.

"국왕 폐하께서 친필 편지를 보내시지 않으셨습니까?"

"……이거 말인가요?"

인벤토리에서 편지지를 꺼내든 카이가 이를 내밀었다.

동시에 주변에서 헉 소리가 들려왔다.

"라시온 왕실 인장이 찍힌 초대장……."

"아니, 저걸 지니고도 이곳에 줄을 서 있었단 말인가?"

"그것보다…… 카이 남작이 폐하에게 저 편지를 받았다는
건……."

"……소문 이상으로 대단한 남자로군."

미드 온라인은 철저한 신분 사회. 당연히 왕실에서 무언가
를 주관할 때는 차별을 둘 수밖에 없었다. 전국의 귀족을 상
대로 보내는 초대장 또한 마찬가지였다.

"이런, 국왕 폐하의 초대장을 받으신 분들은 줄을 서 계실
필요가 없습니다. 폐하께서 말씀해 주시지 않으셨습니까?"

'……이 무심한 아저씨가 진짜.'

카이의 눈살이 가볍게 떨렸다. 담백한 것도 정도가 있지, 추
신으로 그거 한 줄 추가해 주는 게 그렇게 어렵단 말인가?

덕분에 시간은 시간대로 낭비하고, 웬 떨거지와 트러블을
일으키게 된 카이가 한숨을 내쉬었다.

"없으셨습니다. 그런 말씀."

"아……."

그제야 상황을 파악하게 된 파발이 대신 고개를 숙이며 사
과했다.

"아무래도 전달 과정에서 착오가 있었던 모양입니다. 제가
이렇게 대신 사과드리겠습니다."

"고개 드세요."

빠르게 파발의 어깨를 짚은 카이가 말했다. 그러자 파발이 감격에 찬 얼굴로 그를 쳐다보았다.

"이 어찌나 마음씨가 넓으신……."

물론 카이가 황급히 그를 말린 것에는 이유가 있었다.

'……눈부셔.'

그가 고개를 숙이면 정수리가 태양빛을 반사시켜서 눈이 부시기 때문.

물론 곧이곧대로 말할 수는 없었다.

"됐습니다. 그럼 전 어디로 가면 됩니까?"

"아, 정문으로 가서서 초대장을 보여주시면 됩니다. 그런데……."

파발이 묘한 눈빛으로 카이와 부서진 마차를 쳐다보았다.

물론 카이는 담담한 표정을 지으며 모르쇠로 일관했다.

난 몰라요.

누가 보면 진짜 아무것도 모르는 사람인 듯한 표정!

물론 파발은 어색한 미소만 흘려댈 뿐이었다.

"마차가 아주 산산조각이 났군요."

"싸구려 마차가 다 그렇죠."

"저 마차 브랜드는 왕국에서 손에 꼽히는 곳입니다만."

"소비자가 물건을 살 때 피해갈 수 없는 것이 하나 있습니다. 바로 뽑기 운이지요. 참 아쉽게 됐습니다."

자신과의 연관성을 극구 부인하는 카이.

결국 파발은 고개를 끄덕이며 환하게 웃었다.

"그렇군요. 아무래도 신바 백작은 운이 참 없는 사람 같습니다."

"그런 거지요."

두 사람이 즐겁게 대화를 나누는 사이, 신바 백작은 이게 대체 무슨 상황인지 모르겠다는 표정을 짓고 있었다.

'저…… 저 남작 나부랭이가 어떻게 수호 기사단장과 저렇게 친한 거지?'

그의 세계에서는 권력이 모든 것의 중심이었다. 권력이 높아지면 더 높은 귀족과 안면을 틀 수 있었고, 노는 물이 달라졌다.

하지만 상단을 운영해 축적한 돈으로 서부의 대영주 자리까지는 올라섰지만, 그 위의 벽을 넘을 수 없었다.

'틈을 내주지 않는 왕실의 실세들.'

강력한 카리스마를 뿜어내는 베오르크의 수족들이라 할 수 있는 자들. 그들은 서부의 대영주라는 타이틀을 쓰는 자신에게도 쉽게 곁을 내어주지 않았다.

그런데 남작 따위가 어찌 왕실의 최강 실세 중 하나인 파발과 저리 친할 수 있단 말인가?

'게다가 뭐? 국왕 폐하의 친필 초대장이라고……?'

그것은 자신도 여태 한 번도 받지 못하고 소문으로만 들어봤던 것이었다.

그런데 그걸 동부의 촌놈이 들고 있었을 줄이야.

'설마 최근 돌아다니는 그 소문이 사실이란 말인가?'

동부의 신성, 카이. 마르지 않는 부를 바탕으로 빠르게 영지를 발전시키고 있다는 동부의 떠오르는 신흥 귀족.

게다가 최근에는 전 대륙에 드워프 대장장이들을 파견했다는 소문까지 떠돌고 있었다.

당연히 대부분의 보수적인 귀족들은 그 소문을 듣고 코웃음을 쳤다.

'드워프 대장장이는 제국에서도 특급 대우를 받는 인물들. 그런 이들을 일개 영지에서 백 명이 넘게 보유하고 있다고?'

신바 백작도 그런 이들 중 하나였다. 애초에 사람이란 아는 사람이 로또에 당첨되었다고 하면 믿을지 몰라도, 대통령에 당선되었다고 하면 믿지 않는 법이었으니까.

본인들의 이해를 아득히 초월하는 소문에 관해선 부정적인 색안경부터 끼고 보는 일. 바로 사람의 한계를 규정짓는 나쁜 버릇 중 하나였다. 그리고 이건 리버티아의 존재가 유저들을 위주로만 퍼져 있다는 증거이기도 했다.

"아무튼 카이 님은 저와 함께 가시지요. 모시겠습니다."

"괜찮아요. 혼자 가겠습니다."

"그럴 수는 없습니다. 카이 님을 함부로 대하는 건 태양교에 대한 예의에 어긋나는 일이기도 합니다."

파발이 강력한 의지를 드러내자, 신바 백작은 덜컥 겁이 났다.

"……카이 남작님이 태양교와도 관련이 있는가?"

어느 순간 자연스럽게 카이의 이름 뒤에 '님' 자가 들어간 상태였다. 파발은 신바 백작을 무심하게 쳐다보며, 고개를 성의 없이 까딱였다.

"그야 카이 님은 태양신교의 성혈단을 이끌고 계시니까."

"서, 성혈단이라면……."

신바 백작의 안색이 하얗게 질렸다. 아무리 서부라는 좁은 우물에 갇혀 사는 그라고 해도, 성혈단이라는 이름 정도는 들어봤다.

그는 급히 아들을 쳐다봤다. 아들 또한 하얗게 질린 안색으로 그를 쳐다보는 중이었다.

'아, 아버지. 성혈단이라면 최근 태양교의 제일 무력부대라고 소문이 자자한…….'

'나도 안다, 이 녀석아!'

라시온의 남작 위 따위가 중요한게 아니었다. 성혈단의 주인이라면 태양교 내부에서도 최소 주교 이상의 위치를 지니고 있는 존재.

신바 백작은 어색한 미소를 지으며 카이에게 말을 걸었다.

"대단한 분이셨군요. 귀가 어두워 미처 몰라뵈었습니다."

백작이 남작에게 존댓말을 하는 기묘한 장면이 연출되었다. 그것도 평소에 남작과 자작은 같은 귀족으로 취급조차 않는 신바 백작이었기에, 이를 지켜보는 귀족들의 시선은 더욱 흥미진진했다.

"괜찮습니다. 모를 수도 있지요."

카이의 담백한 말에 신바 백작의 안색이 환해졌다.

"역시 태양교의 자비로움을 몸소 보여주시는……."

"그러니 앞으로도 계속 몰라주셨으면 좋겠습니다."

자신의 말을 부드럽게 자르며 들어온 카이의 말에도, 신바 백작은 감히 대꾸를 하지 못했다.

"그렇게 해주실 수 있겠지요?"

웃는 낯으로 말을 꺼내는 카이였지만, 신바 백작은 그 어느 때보다도 목숨의 위협을 느꼈다. 카이의 뒤편에 서 있는 파발이 두 눈을 부릅뜬 채 자신을 노려보는 중이었으니까.

"아, 알겠습니다."

"좋네요. 그럼 그…… 신발 백작님? 아무쪼록 줄 잘 서시길 바라겠습니다. 앞으로는 마차도 좀 좋은 걸로 사시고요."

"가, 감사합니다. 마차도 최고급으로 사겠습니다."

신바 백작은 카이가 자신의 이름을 틀리게 부른 것을 감히 정정하지도 못했다.

그날부터 귀족들 사이에서 그는 신발 백작이라 불리게 되었다.

'솔직히 조금 부담스러운데.'

파발이 안내인을 자처하자 가장 먼저 든 생각이었다. 파발과 그의 관계는 미묘하기 짝이 없었으니까.

"끄응."

파발과의 첫 만남에서 자신은 그를 일방적으로 때렸다. 그런데 실컷 얻어맞았던 녀석이 큰 깨달음을 얻었다며 자신을 은인 취급하는 상황이라니. 파발의 속마음은 어떨지 몰라도 카이 입장에서는 불편할 수밖에 없었다.

하지만 그와는 별개로, 안내인으로서의 파발은 훌륭했다.

'……이거 생각보다 편한데?'

그토록 견고해 보이던 왕성은 파발의 눈인사 한 번이면 문을 열었으니까.

왕성 바깥도 그러더니, 안쪽도 사람들이 우글우글했다.

"축포는 준비됐나?"

"주방 쪽은?"

"문제없답니다."

"오늘만큼은 사소한 실수도 없어야 할 것이야."

분주해 보이는 사람들은 정신없이 저마다의 일을 해나가는 중이었다. 그 모습을 지켜보던 카이가 묘한 눈빛으로 파발을 쳐다보며 질문을 던졌다.

"오늘 무슨 날입니까? 다들 바빠 보이네요."

움찔.

파발이 마치 고장 난 인형처럼 제자리에 멈춰섰다.

그는 고개를 천천히 돌리며 심각한 표정을 지어 보였다.

"……카이 님. 진심으로 하시는 말씀이십니까?"

"뭐가요?"

"오늘이 무슨 날인지 물어보신…… 하, 표정을 보니 정말로 모르시는 것 같군요."

옅은 한숨을 내쉰 파발이 손바닥으로 뒷머리를 문질렀다. 그때마다 깨끗한 수건으로 자동차 보닛을 닦는 것처럼 뽀드득거리는 소리가 들렸다.

"카이 님은 오늘 왕궁을 왜 방문하신 겁니까?"

"국왕 폐하께서 부르셔서요."

"혹시 왜 부르셨는지 여쭤봐도 되겠습니까?"

"큰일은 아니고, 하인드 백작의 영지 두 개를 제 앞으로 인계하는 간단한 일 때문입니다."

"……!"

카이의 말을 듣던 파발이 깜짝 놀란 듯 두 눈을 번쩍 떴다. 그러기를 잠시, 그는 오묘한 미소를 지으며 카이를 쳐다봤다.

"아, 그렇게 된 거군요……."

무언가 재미있다는 표정을 짓던 파발이 고개를 끄덕였다.

"우선 아무런 기별도 받지 못하신 것 같으니 제가 간략하게 설명드리겠습니다. 오늘은 베오르크 국왕 폐하의 탄신일입니다. 때문에 전국의 귀족과 마탑의 인사들이 축하 인사를 드리러 오신 것이지요."

"탄신일이라고요? 오늘이?"

카이가 황당한 표정을 지으며 되물었다.

탄신일이라는 건 한 마디로 생일을 뜻한다.

'그러니까, 내 인벤토리에 있는 초대장이 생일 파티 초대장이었다고?'

그걸 왜 말 안 하냐고, 대체 왜.

난감한 표정을 짓던 카이는 고개를 숙여 제 복장을 점검했다. 왕궁을 방문한다고 깨끗한 옷을 입기는 했지만 그것이 전부일 뿐. 투박하고 단조로운 의복은 국왕 폐하의 탄신을 축하하는 데 어울리는 복장은 결코 아니었다.

"이런 복장으로 방문하는 건 조금 실례겠지요?"

카이가 입고 있는 깔끔한 의복을 훑어본 파발이 짧은 평가를 내렸다.

"큰 문제는 없어 보입니다만, 온갖 화려한 옷을 입고 있는 귀족들에 비하면 아무래도……."

격이 좀 떨어진다는 소리다.

그 말까지 듣고 난 카이는 시원스럽게 고개를 끄덕이며 입을 열었다.

"혹시 옷 갈아입을 곳 있습니까?"

"아! 혹시 가져오신 다른 의복이라도 있습니까?"

파발의 목소리 톤이 밝아지자 카이는 미소를 지으며 천천히 고개를 끄덕였다.

"제법 화려한 옷을 빌려줄 수 있는 사람을 알아요."

왕궁의 층 하나가 통째로 베오르크 국왕의 탄일 파티를 위해 사용되었다.

온갖 화려한 장식과 반짝이는 샹들리에. 먹음직스러운 수십 가지 종류의 음식들과 일반인은 쳐다보기도 힘든 값비싼 와인들까지.

라시온 왕국에서 이번 파티에 얼마나 신경을 들였는지 알 수 있는 대목이었다.

"다들 오랜만에 뵙는군요."

"나이가 드니 영지를 벗어나는 것도 일처럼 느껴져 그런가 봅니다."

"그렇게 말씀하시는 것 치고는 세월이 갈수록 더 젊어지십니다?"

"허허, 말이라도 감사합니다."

오늘 이 자리에 모인 자들은 모두 라시온 왕국에서 한가락을 한다는 인물들뿐이었다.

그야 초대장을 받을 수 있는 것은 최소 남작. 혹은 세계적인 상단의 단주 일가만이 가능했으니까.

당연히 국왕이 등장하기 전의 파티장은 인맥을 쌓기 위해 분주히 돌아다니는 귀족들로 가득 차 있었다.

"스텐 백작님, 그간 강녕하셨습니까."

"음."

다만 스텐 백작은 다른 귀족들과 달랐다. 왜냐하면 그는 남들처럼 돌아다니지도, 말을 많이 하지도 않았으니까.

그저 와인을 홀짝이다가 귀족들이 찾아와 인사를 올리면 고개만 까딱거리는 게 전부였다.

막대한 권력이 그것을 가능케 했다.

라시온 왕국에는 고위 귀족이 그리 많지 않았다. 전쟁의 시대 이후 명맥이 끊어진 공작 가(家)는 배출되지 않았기 때문에 라시온 왕국의 최고 귀족은 백작이었다.

물론 백작이라고 다 같은 백작이 아니었다. 소위 대영주라 불리는 백작들이 있다. 북부의 하인드, 서부의 신바에 이어 남부의 스텐이 바로 그 세 사람.

오직 동부 쪽은 대영주라 불리는 이들이 없었는데, 그건 동부 쪽에 위치한 백작들의 힘이 팽팽했기 때문이었다.

"백작님, 혹시 오늘 아침 일에 대해서 들으셨습니까?"

"무슨 말인가."

스텐 백작이 자신의 라인이라고 할 수 있는 자작의 말에 반문했다.

"서부의 신바 백작 말입니다. 왕궁에 줄을 서 있다가 큰 창피를 당했다고 하더군요."

"쯧, 그 격 떨어지는 수다쟁이 말인가?"

귀족이라면 응당 품위를 지니고 있어야 한다고 생각하는 스텐 백작은 신바 백작을 싫어했다. 그야 말도 많았고, 귀족으로서의 품위도 없는 사람이었으니까.

'그런 놈과 한데 묶여 라시온 삼 백작이라니. 다시 생각해도 열 받는군.'

짜증이 치밀어 와인을 홀짝인 백작이 재차 질문했다.

"그런데 대체 누가 그에게 창피를 주었단 말이지? 그럴 수 있을 만한 인물이 없을 텐데."

신바 백작을 무시하는 것과는 별개로, 힘은 진짜였다. 막대한 돈과 술수로 서부의 대영주로 등극한 그를 무시할 수 있는 이는 없었으니까.

"남작이랍니다."

"……남작?"

스텐 백작의 눈동자에 안타까움이 떠올랐다.

"안타깝군."

만약 일개 남작이 자신에게 창피를 줬다면, 자신은 그를 절대 용서치 않을 것이다. 그리고 신바 백작은 자신보다 더하면 더했지, 덜하지는 않을 것이 분명했다.

하지만 그에게 이야기를 해주던 자작이 고개를 저었다.

"아니요. 아마 백작님께서 상상하시는 종류의 보복은 일어나지 않을 것 같습니다."

"무슨 뜻이지?"

남작이 백작에게 물을 먹였다.

보복을 당하지 않는다?

스텐 백작의 입장에서는 이해가 가지 않는 말이었다.

"그 남작의 이름이 카이입니다."

"카이…… 잠깐, 카이 남작이라면 혹시?"

"예. 동부의 리버티아와 아르칸, 하베로스를 통치하고 있는 남작입니다. 이번에 드워프 파견 건으로 한창 풍운을 몰고 다닌 자이지요."

"알고 있다. 이번에 드워프 대장장이 하나를 데려온다고 선물을 보냈었으니까."

"아! 경쟁률이 어마어마하다고 하던데 역시 스텐 백작님, 대단하십니다."

자작의 칭송에 입꼬리를 말아 올린 스텐 백작이 와인잔을 흔들었다.

"하지만 아무리 동부의 신성이라고 해도 백작을 상대로 까불어놓고 안전하다는 건 이해가 가질 않는군."

"아, 당시 상황을 목격한 자에게 들었습니다만. 수호 기사단장이 그를 보호했답니다."

"……파발 단장이 말인가?"

스텐 백작의 눈매가 가늘어졌다. 파발 단장은 국왕인 베오르크와 자신의 가문을 위해서만 움직인다고 알려진 인물. 일개 남작을 도울 이유는 하등 없었다.

"예. 무슨 이유인지는 모르겠습니다만, 카이 남작을 극진하게 모신다고 하더군요."

"점점 알 수가 없군."

카이 남작이라. 대체 어떤 사람이길래?

'소문으로만 들어봤는데, 제법 궁금해지는군.'

스텐 백작의 아들도 아르칸 아카데미에서 교육을 받는 중이었다.

'영상으로 본 아르칸은 기품이 넘치는 곳이었어.'

그런 곳을 계획하고, 건설한 이라면 분명 귀족의 표본 같은 사내일 것이다.

스텐 백작은 카이와의 만남이 기대되기 시작했다.

"오랜만이군."

"오랜만이네요."

발칸과 미네르바가 어색한 인사를 나누었다. 똑같이 세계 8대 길드를 운영하는 입장이었지만, 두 사람은 딱히 접점이 없었다. 두 사람 모두 라시온 왕국에서 활동했으니 경쟁자이기는 했다.

하지만 더럽고 비열한 술수를 쓰지 않는 두 사람은 나름 선의의 경쟁을 펼치는 라이벌이었다. 때문에 서로에게 악감정도, 좋은 감정도 품고 있지 않았다.

'그냥 직장 동료 같은 느낌이라고 해야겠군.'

'같은 그룹이지만 계열사가 다른…… 직장의 동료를 만난 기분이에요.'

어색한 침묵을 지키는 두 사람은 다른 귀족들에게 인사를 올리러 다니지도 못했다.

두 사람 모두 겨우 남작. 왕국의 모든 귀족들이 모인 장소에서는 말과 행동을 조심해야 했으니까.

"그러고 보니 언노운도 오늘 오겠군."

"그렇겠죠."

"흐음. 무슨 일이 있어도 항상 일찍 오는 사람이었는데, 오늘은 좀 늦는 모양이야."

"항상 일찍 다닌다고요? 지금 무슨 소리하시는 거예요?"

발칸과 미네르바가 서로를 보며 물음표를 잔뜩 띄웠다.

발칸의 입장에서는 자탄을 공략할 때, 사소한 브리핑에조차 언노운의 지각을 본 적이 없었다.

미네르바의 경우에는 달랐다.

'그 사람은 지각을 밥 먹듯, 아니, 물 마시듯 하잖아요.'

침공 이벤트 때와 성혈단장의 취임식 때. 그녀가 볼 때 카이는 늦으면 늦었지 먼저와서 기다리는 스타일은 아니었다.

실제로 카이는 오늘도 여태 모습을 보이지 않고 있었다.

"근래 프레이 길드의 활동이 뜸하던데, 이유라도 있나?"

"내실을 다지는 중이라고 말할 수 있겠네요."

말은 그렇게 했지만 미네르바는 은은한 미소를 지었다.

'발칸이아 라시온의 상황만을 염두에 두고 있겠지요.'

그렇기 때문에 프레이 길드의 활동이 뜸하다고 생각하고 있을 것이다.

하나 실상은 달랐다. 프레이 길드는 성혈단의 일원으로써, 최근 대륙을 돌아다니며 혁혁한 전공을 세우는 중이었다.

물론 성혈단은 베일에 싸여 있는 태양교의 비밀 세력이었기 때문에 그 사실을 아는 유저는 없었다.

"내실이라, 좋은 결과가 있기를 바라지."

"그쪽도요."

어색한 두 사람치고는 제법 훈훈한 대화가 끝났을 때, 연회장의 문이 열렸다.

"초대장을 보여주시길 바랍니다."

입구의 궁중 집사가 초대장을 요구하자, 화려한 옷을 입고 있는 남자가 초대장을 건넸다.

"음!"

초대장을 받아든 궁중 집사가 놀란 눈으로 남자를 쳐다봤다. 그는 기품이란 이런 것이라고 외치는 듯한 청색 슈트를 입고 있었다. 어떤 장인이 만들었는지 알 수 없는 슈트는 곳곳에 화이트 컬러의 포인트가 들어가 있었다.

"카, 카이 남작님 입장하십니다!"

집사의 외침에 모두의 시선이 입구 쪽으로 향했다. 가장 먼저 서쪽 귀족 모임의 신바 백작이 불만 가득한 시선으로 그를 쳐다봤고, 북부 귀족 모임의 수장인 하인드 백작은 웃는 낯으로 그를 맞이했다. 마지막으로 남부 귀족 모임의 수장, 스텐 백작은 흥미로운 시선으로 카이를 두 눈에 담았다.

"호오, 역시 내 생각은 틀리지 않았군."

옷을 갈아입자마자 파발에게 끌려가 궁녀에게 머리 손질까지 받은 카이의 모습은 그 어느 때보다도 기품있고, 화려해 보였다.

"흠."

카이는 자신에게 향하는 다양한 시선을 담담하게 받아들이며 걸음을 옮겼다.

카이는 세 개의 파벌로 나뉘어 있는 연회장을 쳐다보더니, 곧장 하인드 백작에게 향했다.

"간만에 인사드립니다, 백작님."

"허허, 뒷방 늙은이를 잊지 않고 신경 써준 것만으로도 고맙네."

신경을 써줬다는 건, 바덴 성에 드워프 장인을 파견해 준 것에 대한 감사의 인사였다.

"그 정도는 당연히 신경 써드려야지요."

"항상 고맙게 생각하고 있네."

카이에게 와인 한 잔을 건넨 백작이 주변 귀족들에게 그를 소개시켜 주기 시작했다.

"몇 번인가 말했었지. 지난번에 몬스터들이 침공했을 때 바덴 성을 구해주었던."

"아! 성혈단의 주인……!"

"젊다는 말은 들었지만 이토록 젊을 거라고는 상상도 못 했습니다."

"과연. 영웅의 기개와 귀족의 기품을 동시에 두르고 있는 드문 자이옵니다."

보통 사람이라면 허우적거릴 수밖에 없는 칭찬의 파도.

카이는 귀족들의 말을 들으며 그저 빙그레 미소만 지었다.

"다들 좋게 말씀해 주셔서 감사합니다."

굳이 건네는 칭찬을 마다할 필요는 없다. 하지만 고작 칭찬 몇 번 들었다고 괜히 들뜰 필요도 없는 법.

훌륭하게 마음을 다스린 카이를 쳐다보는 귀족들의 시선이 다시 한번 바뀌었다.

'젊은 나이에 저 정도의 공적을 세우고 주변에서 이토록 띄 어준다면 건방질 법도 한데…….'

'단단하다. 뿌리가 깊은 거목을 눈앞에 둔 듯한 기분.'

'내 아들이 이 자의 반만 닮았으면 좋겠군.'

수많은 귀족들에 둘러싸여 여유롭게 와인을 홀짝이는 카이에게, 새로운 무리가 다가왔다.

"하인드 백작님, 오랜만에 뵙습니다."

"스텐 백작 아닌가."

웃는 낯의 스텐 백작이 무리를 끌고 다가와 하인드 백작에게 인사를 올렸다. 여태까지 왕국에 혁혁한 공을 세운 백전의 노장을 스텐 백작은 좋게 보고 있었다.

물론 자신에게 존경과 예우를 갖추는 스텐 백작을 하인드 백작도 싫어할 리는 없었다.

"요즘 어떤가?"

"좋습니다. 남부는 슬슬 날이 풀려서 산책할 때마다 즐거울 정도입니다."

"그런가? 기회가 되면 남쪽의 해변가를 방문해 보는 것도 괜찮겠군."

"오신다면 제 영지에서 모시겠습니다."

서로 훈훈한 대화를 이어가기를 잠시.

스텐 백작이 눈을 반짝이며 카이를 쳐다봤다.

"이 청년이 동부의 신성입니까?"

"이런, 내 정신 좀 보게나."

하인드 백작이 고개를 끄덕이며 카이를 소개해 줬다.

"자네 말대로 최근 동부의 신성이라고 불리는 카이 남작일세."

"처음 뵙겠습니다. 카이라고 합니다."

"반갑네. 스텐 백작이라고 하네. 소문은 많이 들었어."

가까이서 보니 카이의 기품 있는 모습이 더욱 두드러졌기에, 스텐 백작은 기쁨을 감추지 않았다.

'근래 보기 드문 청년…….'

생각을 잇던 스텐 백작의 시선이 카이의 복장을 향해 고정되었다.

그는 잠시 후 자신의 실수를 깨닫고는 곧장 사과했다.

"이런, 사람을 앞에 두고 실례를 범했군. 미안하네. 복장이 참 멋있어서."

빈말이 아니라 현재 카이가 입고 있는 옷은 멋있었다. 딱히 대단한 장식이 달린 것도 아니었고, 그렇다고 디자인이 화려한 것도 아니었다. 그러나 그의 슈트는 사람의 시선을 강탈하는 마성의 기운을 품고 있었다.

"아닙니다. 칭찬해 주셔서 감사할 따름이지요."

카이는 빙그레 미소를 지으며 와인을 홀짝였다.

입고 있는 옷 때문일까. 그 사소한 행위에서 마저 고고한 기품이 흘러나왔다.

물론 이건 카이가 미처 예상하지 못했던 부분이기도 했다.

'그 녀석, 옷 돌려달라고 할 때부터 알아봤어야 하는데.'

현재 카이가 입고 있는 옷은 데스몬드에게 빌린 '뱀파이어 백작의 예복'이었다. 데스몬드는 빌려주기 싫다고 강력히 반발했지만, 결국 카이에게 옷을 빼앗기고 역소환당했다.

카이는 옷을 갈아입는 것과 동시에 작게 감탄했다.

[뱀파이어 백작의 예복을 장비했습니다.]
[특수 스탯, '기품'이 일시적으로 개방됩니다.]
[당신의 모든 행동에 고고한 기품이 흐르기 시작합니다.]
[특수 스탯, '매력'이 일시적으로 개방됩니다.]
[당신의 모든 행동이 상대방에게 매력적으로 느껴집니다.]

특수 스탯인 기품과 매력을 일시적이나마 강제로 개방시킬 수 있는 유니크 등급의 예복. 그것이 바로 뱀파이어 백작의 예복이 지닌 진정한 힘이었다.

'효과 괜찮네. 나중에도 종종 빌려야지.'

데스몬드가 들었다면 기겁을 했겠지만, 카이는 지금의 상황에 만족하며 고개를 끄덕였다. 본격적으로 의복의 힘을 빌린 카이는 이후로 수많은 귀족과 이야기를 나누었다.

물론 오늘의 가장 큰 수확은 스텐 백작이라는 고위 귀족과 우호 관계를 쌓았다는 것이었다.

"국왕 전하 입장하십니다!"

한창 수다를 떨던 귀족들이 궁중 집사의 외침에 입을 꾹 다물었다. 모두의 시선이 입구를 향하는 순간, 문이 열림과 동시에 화려한 옷을 입고 있는 베오르크 국왕이 가족들과 함께 들어왔다.

왕자와 공주, 그리고 왕비를 이끌고 홀에 들어오는 그에게 모든 귀족들이 한쪽 무릎을 꿇으며 예를 갖추었다.

"흠."

홀을 한 바퀴 둘러본 베오르크 국왕이 입을 열었다.

"모두 일어나라."

짧고 단호한 음성이었다. 하지만 홀의 무거운 분위기를 씻어 내기에는 충분한 한 마디였다.

"다들 바쁜 걸음을 해주어 고맙군. 멀리서 온 이들의 얼굴도 보이는데 다들 즐기다 가게."

베오르크는 본인이 태어난 날임에도 크게 기쁜 듯한 표정이 아니었다. 물론 카이도 그 기분이 조금 이해되기는 했다.

'이제 겨우 23살 먹은 나도 생일날 별 감흥이 안 드는데, 베오르크 국왕은 더하겠지.'

베오르크 국왕은 홀을 돌아다니며 귀족들 한 사람, 한 사람씩 대화를 나누었다. 마침내 그가 카이의 앞에 왔을 때, 카이는 고개를 숙였다.

"국왕님의 탄신을 진심으로 경하드립니다."

"탄신일이야 시간만 지나면 누구에게나 찾아오는 것. 큰 의미는 없지."

카이의 생각대로 베오르크 국왕은 이 자리에 크게 마음을 두지 않는 듯했다.

'그래도 일 년에 한 번뿐인 생일이니 조금이라도 즐기시면 좋을 텐데.'

속으로 안타까운 마음을 품던 카이가 입을 열었다.

"국왕 전하. 제가 약소하게나마 전하를 위한 선물을 준비했습니다."

"음? 지금 말인가?"

베오르크 국왕이 살짝 떨떠름한 표정을 지었고, 홀의 모든 귀족들이 카이를 쳐다봤다.

'……다들 반응이 왜 이래.'

생일 파티에서 선물을 건네는 것은 당연한 일이 아니었나?

하지만 모두의 시선에 담긴 것은 놀라움과 기대, 혹은 가소로움이었다.

"대체 얼마나 대단한 선물을 준비했길래……."

"저걸 간이 크다고 해야 할지, 천지분간을 못 한다고 해야 할지."

"카이 남작. 잠깐 귀 좀 빌리세."

마찬가지로 당황한 표정을 짓고 있던 하인드 백작이 카이에게 다가와 낮게 속삭였다.

"방금 자네가 한 말이 무슨 의미인지 알고 있는가?"

"의미…… 라뇨?"

"으음."

그럼 그렇지. 하인드 백작은 어떻게 설명을 하면 좋을까라는 표정을 지으며 카이를 쳐다봤다.

"국왕 전하를 향한 탄신 선물은 보통 따로 보내는 법일세. 아마 여기 있는 대부분의 귀족들이 이미 사람을 보내 국왕 전하께 선물을 보냈겠지."

"그러니까 여기서 드리는 건 예의가 아니라는 거죠?"

"국왕님의 마음에 든다면 무슨 문제가 있겠는가. 다만, 자네가 변변치 않은 선물을 준비했다면 그건 직접 선물을 건네지 않은 모든 귀족은 물론. 국왕 전하를 욕보이는 것과 같은 의미라는 것을 생각하고 재고해 보게."

"아."

무슨 의미인지 알 것 같다. 한마디로 선물에 대한 압도적인 자신감이 없으면, 그냥 뒤편으로 따로 보내라는 소리다.

'하지만 그렇다면…….'

이건 오히려 찬스일지도 모른다.

카이는 입꼬리를 말아 올리며 국왕에게 다가갔다.

그도 카이가 처한 상황을 알고 있는지, 기회를 줬다.

"사람은 누구나 실수를 하는 법이지. 본래 말이란 주워 담을 수 없는 법이지만, 이번 한 번만큼은 기회를 주겠다."

아량도 넓으셔라.

하지만 카이는 가볍게 고개를 저어 그의 배려를 정중히 거절했다.

"베오르크 국왕 전하의 성은에 감사드립니다. 하지만 괜찮습니다. 전 전하께서 직접 선물을 받으시고, 이 탄신 파티를 조금 더 즐기셨으면 하거든요."

"흐으음……."

베오르크 국왕의 눈매가 가늘어졌다. 기회를 주었음에도 이렇게 나오니 그의 입장에서도 더 이상 어쩔 수 없었다.

"그대의 뜻이 그러하다면 어쩔 수 없군. 그래, 주고 싶은 선물이란 게 무엇인가."

질문과 동시에 모두의 시선이 카이의 입으로 향했다. 귀족들이 저마다 머리를 굴리며 카이가 건넬 선물을 유추하기 시작했다.

'뭘까, 희귀한 무구?'

'장비 종류라면 정말 웬만한 국보급 아티팩트가 아닌 이상······.'

'대체 무슨 선물이길래 저만한 자신감을?'

그들의 시선과 기대를 한 몸에 받은 카이가 천천히 입을 열었다.

"존경하는 베오르크 국왕 전하. 제가 일전에 전하께 드워프 장인들을 파견한 것을 기억하십니까?"

"며칠이나 되었다고 잊어버리겠는가."

베오르크 국왕이 고개를 끄덕이며 말했다. 동시에 귀족들이 그럼 그렇지, 라는 표정으로 고개를 끄덕였다.

'그게 선물을 미리 준 것이라고 생색내려나 보군.'

'멍청한······ 국왕 전하의 심기가 꽤나 불편해지겠군.'

'이미 건넨 선물로 생색을 내는 건, 전하의 성정 상 고깝게 보실 게 분명하다.'

'건방진 녀석. 드디어 곤욕을 치르는구나.'

귀족들, 특히 신바 백작을 지지하는 서부 귀족들이 곧 다가올 카이의 굴욕에 조소를 짓는 순간.

카이가 말을 이었다.

"왕실에 총 세 명의 드워프 장인들을 파견해 드렸지요."

"그 부분은 고맙게 생각하고 있네."

"하지만 정작 중요한 걸 보내지 않았더군요."

"······중요한 것이라?"

베오르크 국왕이 말의 진위를 파악하기 위해 카이를 빤히 쳐다봤다.

카이가 방긋 미소를 지었다.

"예. 사람의 마음이란 것이 그렇지 않습니까. 새로운 칼을 사면 휘둘러 보고 싶고, 새로운 만년필을 사면 글씨를 적어보고 싶고, 새로운 옷을 사면 입어보고 싶지요."

그 말에는 자리의 모두가 공감하며 고개를 끄덕였다.

"드워프 장인을 선물 받으신 전하께서도 분명 그들의 능력을 시험해 보고 싶으셨을 터. 하지만 제가 깜빡하고 그들의 실력을 증명할 만한 재료를 드리지는 않았더군요."

"재료라면 왕궁에도 있으니 걱정하지 않아도 된다."

베오르크의 말에 카이의 미소가 한층 더 진해졌다.

"실례되지만 전하. 혹시 뮬딘 교가 활개 치던 때를 기억하십니까?"

카이의 뜬금없는 말에 대부분의 귀족들이 불쾌한 표정을 지었다. 그들 중 대부분이 뮬딘 교에게 적지 않은 피해를 입은 이들. 뮬딘 교에게 치욕을 당했다는 건 그들의 가문이 지닌 오점 중 하나였기 때문이다.

"갑자기 그 말을 꺼내는 저의가 뭐지?"

베오르크의 날카로운 질문에 카이가 천천히 설명을 시작했다.

마치 국사 수업을 진행하는 선생님처럼, 조곤조곤한 목소리로 시작된 설명이었다.

"먼 옛날, 뮬딘 교가 대륙의 모든 세력을 적으로 돌리고 사투를 벌였을 때. 그들은 도망치지 않고 끝까지 싸웠습니다. 혹시 그 이유가 무엇 때문인지 아시는 분 계십니까?"

"……."

"흠흠."

베오르크는 물론이고 귀족들마저 입을 꾹 다물었다.

당연히 말을 할 수 없을 것이다. 왜냐하면 그들도 모르니까. 여태까지 수많은 역사학자들이 당시 뮬딘 교가 도망치지 않은 이유에 대해서 연구하고 있었지만, 정확한 이유는 밝혀지지 않고 있었다.

"그들에게는 비장의 한 수가 있었습니다. 열세인 상황을 손바닥처럼 뒤집을 수 있는 강력한 한 방이었지요. 바로 본인들이 만들어낸 강력한 바다의 군주를 보내 인간들의 왕국을 배후부터 공격. 수도를 함락시켜 버리겠다는 원대한 계획이었습니다."

"그런 말도 안 되는……!"

"증명할 수 없는 말은 함부로 하는 게 아니네."

"그런 삼류 망상은 집에서나 혼자 해라."

서부 귀족들의 반발에 카이는 기다렸다는 듯이 그들을 쳐다봤다.

"증명하라고요? 좋습니다. 제가 어떤 식으로 증명하면 되겠습니까."

카이의 질문에 서부 귀족들이 서로의 얼굴을 쳐다보며 헛웃음을 흘렸다.

멍청해도 이렇게 멍청할 수가?

그들은 터져 나오려는 웃음을 참으며 입을 열었다.

"그 바다의 군주라는 존재를 증명할 수 있는 물건이나…… 바다의 군주를 직접 잡아 오거나. 둘 중 하나겠지."

"그렇군요."

서부의 귀족들은 카이가 당연히 할 수 없는 일이라고 생각했겠지만, 사실 지금 카이에겐 그들의 요구가 감사하게까지 느껴졌다.

"베오르크 전하, 제가 잠시 눈을 어지럽혀도 되겠습니까."

"그것은 증명을 위함인가?"

"예."

"허락한다. 이쯤 되니 과인도 궁금해지는군."

베오르크의 허락이 떨어지자 카이는 몸을 돌려 연회장의 테라스로 천천히 걸어갔다.

기품있는 남작의 걸음걸이가 한 걸음, 두 걸음. 그 걸음이 테라스의 난간에 도착하는 순간.

카이는 가볍게 손가락을 튕겼다.

"빛의 군단, 할리 소환."

동시에 허공에 빛무리가 터져 나왔고, 백색 비늘을 지닌 거대한 해룡이 궁 밖에 그 찬란한 신체를 드러냈다.

"헉!"

"괴, 괴물!"

"그, 근위병!"

생전 처음 용이라는 거대한 존재를 목격한 귀족들이 뒷걸음질을 쳤다. 그렇지 않은 자들은 스텐 백작처럼 귀족이란 품위를 지켜야 한다고 믿는 이들이나, 하인드 백작처럼 평생 검과 함께 살아온 무장들뿐이었다.

"호오."

역시 한 나라의 국왕일까. 베오르크는 흥미가 동한 듯 테라스로 나와 해룡을 올려다보았다.

"이 생명체인가? 자네가 말한 인류를 멸할 뻔했다는 비장의 한 수가."

"예. 아주 무시무시한 녀석이지요."

카이는 대답을 하는 와중, 인벤토리에서 고급스러운 상자 하나를 꺼내 베오르크에게 내밀었다.

딸깍.

상자가 열자, 그 안에는 푸른빛이 감도는 은은한 비늘이 몇 개 들어 있었다.

"해룡 할리의 비늘입니다. 베오르크 전하의 탄일을 기념하여 드리는 저의 선물이옵니다. 부디 거절하지는 말아주시길."

"……거절할 리가 있겠는가."

천천히 상자를 받아든 베오르크의 입가로는, 파티가 시작한 이후 처음으로 미소가 걸렸다.

"고맙군."

"아닙니다. 오히려 더 좋은 선물을 해드리지 못해 죄송할 뿐이지요."

서로를 쳐다보며 미소를 짓는 두 사람은 한 폭의 그림처럼 훈훈했다.

…….

물론 제 비늘을 눈앞에서 타인에게 선물하는 주인을 목격한 할리는 할 말을 잃어버렸다.

카이에게 받은 선물 상자를 시종에게 건넨 베오르크가 낮게 웃었다.

"이제 안쪽으로 들어가지. 그대에게도 줄 것이 있으니."

"줄 것이라뇨?"

"미리 말해주면 재미가 없잖나."

한쪽 입꼬리를 올린 베오르크는 테라스를 떠나 다시 연회장으로 돌아갔다.

그러자 카이는 고개를 돌려 할리를 쳐다봤다.

움찔.

할리가 저도 모르게 뒤로 살짝 물러났다.

-이 비늘은 안 된다. 이놈아.

푸른색 비늘이야 이미 죽어버린 육신의 비늘이었지만, 지금 자신의 몸을 덮고 있는 황금색 비늘은 절대 내어줄 수 없었다. 이쪽이 훨씬 더 마음에 들었으니까.

할리는 드래곤의 성정을 쏙 빼닮았기에 반짝이는 것을 좋아했다.

"안 뽑아가. 사람을 뭘로 보고."

고개를 절레절레 흔든 카이가 가볍게 손을 흔들었다.

"나중에 또 부를 테니 들어가 있어."

-이렇게 시답잖은 일로 부르지 마라.

할리가 빛의 입자가 되며 역소환되자, 카이도 앞선 베오르크를 따라 테라스를 떠났다.

"동부의 신성이 최근 떠오르는 이유가 있었군요."

"설마 해룡을 수하로 다룰 줄이야……."

"이거, 동부 쪽에서도 드디어 내세울 만한 귀족이 나오는 거 아닙니까?"

"능력은 인정하지만, 그래 봐야 남작 아닌가."

홀의 귀족들은 어느새 카이에 관한 이야기만 떠들고 있었다. 마치 파티의 주인공이 베오르크가 아닌 카이가 된 것 같은 기분이었다.

'이러면 베오르크 국왕의 기분이 상할 수도 있는데.'

걱정이 된 카이가 슬쩍 그의 기분을 살폈으나, 딱히 기분이 나쁘다는 표정은 아니었다.

베오르크가 특유의 근엄한 목소리로 입을 열었다.

"모두 조용."

뚝.

다시 한번 연회장이 조용해졌다.

그 분위기가 마음에 든 것처럼 고개를 한 번 끄덕인 베오르크가 말을 이었다.

"짐은 능력이 있는 사람을 좋아한다. 그런 사람을 곁에 두면 손과 발, 머리까지 편해지는 법이니까."

사실 능력 없는 사람을 좋아하는 이는 그리 없다. 특히 국왕, 한 나라를 운영하는 입장에 있는 사람이라면 당연히 능력 있는 수하가 절실하다.

"그래서 짐은 사람을 보면 세 가지 부류로 분류한다."

베오르크 국왕이 가볍게 검지를 올렸다.

"첫 번째 부류는 한 가지 일을 맡았을 때 그 일조차 제대로 못 해내는 사람이다. 한 마디로 능력이 없는 사람이지. 곁에 두면 두고두고 피곤하고, 신경을 써야 하는 사람이다."

중지가 올라왔다.

"두 번째는 일을 맡겼을 때 그 일을 그럭저럭 잘 해내는 사람이다. 이런 경우에는 가능성이 제법 보이는 사람이라 생각한다. 곁에 둬도 부족함이 없는 사람이다."

귀족들이 고개를 끄덕이며 호응하자, 베오르크가 스윽. 카이를 쳐다봤다.

"마지막…… 기대하게 만드는 사람이다. 무엇을 기대하던 항상 그 이상을 보여주는 사람이지. 이런 사람을 휘하에 거둘 수만 있다면 어떤 대가를 지불하더라도 거두어야 한다."

'……왜 날 쳐다보시는 거지.'

베오르크와 눈이 마주친 카이가 어색하게 웃으며 고개를 갸웃거리는 순간. 말을 마친 베오르크가 슬쩍 손가락을 까딱였다.

그러자 미리 준비하고 있던 궁중 집사가 다가와 두 손으로 날카로운 검을 바쳤다.

망설임 없이 그것을 쥔 베오르크는 성큼성큼 카이를 향해 걸어왔다.

'무, 무슨.'

갑작스럽게 돌아가는 상황이 이해되지 않은 카이의 안색이 딱딱해졌다.

그사이, 카이의 앞에 도착한 베오르크가 명령했다.

"무릎을 꿇으라."

"저, 전하의 명 받았습니다."

카이가 천천히 한쪽 무릎을 꿇는 순간. 베오르크의 검은 웬만한 기사보다 빠르게 움직였다.

척, 척.

카이의 왼쪽 어깨를 한 번, 그리고 이어서 오른쪽 어깨에 한 번.

'이건…… 서임 의식?'

기사로 새롭게 임명될 때나 귀족으로 임명될 때 받는 의식이다.

카이가 고개를 들어 베오르크를 빤히 쳐다보자, 그가 피식 웃으며 그에게만 들릴 정도로 중얼거렸다.

"안심해라. 그대를 붙잡을 목줄이 되지는 않을 테니."

이어서 그는 큰 목소리로 소리쳤다.

"다종족 교류 도시인 리버티아를 만든 뒤 어떠한 문제도 없이 도시를 잘 운영한 점. 게다가 황무지나 다름 없던 아르칸 영지를 대륙 최고의 아카데미 시설로 탈바꿈시킨 점. 마지막으로 과거부터 뭍던 교가 만들어낸 끔찍한 재앙들인 아오사, 자탄 그리고 할리까지 처치한 점을 감안하여……."

시종에게 검을 돌려준 베오르크가 툭툭, 카이의 어깨를 두드렸다.

"지금 이 시간부로, 카이 남작을 백작으로 승작시킨다."

"……!"

"배, 백작……!"

"이런 파격적인……."

연회장의 모든 귀족들이 눈을 부릅뜨며 베오르크의 폭탄선언에 놀라워했다. 그도 그럴 것이 모험가가 백작이 되는 케이스는 전 대륙을 뒤져봐도 이번이 처음. 게다가 그들의 입장에서 카이는 보유한 영토도 고작 세 개뿐인 애송이였기 때문이다.

"저, 전하."

신바 백작이 떨떠름한 표정을 지으며 입을 열었다.

"카이 남작이 훌륭하기는 하나, 그는 아직 보유한 영지가 세 개뿐입니다. 백작의 위(位)를 받아들이는 데 큰 어려움을 겪을 것으로 예상되옵니다. 부디 재고해 주십시오."

"신바 백작."

"예, 전하."

신바 백작이 고개를 조아리며 대꾸했다.

"짐이 방금 전에 사람을 세 부류로 나눈다고 하였네. 그렇다면 과연 카이 백작은 어떤 부류의 사람일 것 같나?"

"……기대가 되는 사람. 즉 세 번째 부류의 사람일 것이라 사료되옵니다."

"틀렸네."

"……!"

베오르크의 말에 신바 백작이 저도 모르게 고개를 들었다.

틀렸다니? 그럼 카이 남작에게 별 기대를 걸고 있지 않다는 뜻인가? 그러면 왜 굳이 승작을……?

신바 백작의 눈동자로 수많은 의문을 내포한 눈빛이 깃들었다.

"굳이 기대를 안 해도 되는 사람. 무조건 잘해낼 것이라는 믿음이 있는 사람."

베오르크의 말에 카이는 감동을, 이를 듣던 수많은 귀족들은 부러움을 느꼈다.

"처음에는 단순히 신기한 모험가 중 한 사람일 뿐이었지만, 이제 그는 그 어떤 귀족도 하지 못하는 일들을 단신으로 척척 해 내는 중이네. 짐은 타국에 인재를 빼앗기고 후회하는 사람이 되고 싶지 않으니 이런 식으로라도 붙잡아놓을 수밖에."

신바 백작은 입을 꾹 다물며 뒤로 물러났고, 카이가 고개를 숙였다.

"감사합니다, 전하."

"감사는 하인드 백작에게 하게나. 그대에게 양도한 두 개의 영지가 아니었다면 백작의 위를 받지는 못했을 테니까."

시종이 베오르크에게 두 장의 문서는 공손히 내밀었다. 이를 집어 든 베오르크가 그 문서들을 고스란히 카이에게 전달했다.

"지금부터 로잔과 트라반 영지는 자네의 것일세."

"로, 로잔과 트라반?"

"동부에 위치하고 있는 하인드 백작의 영지."

"그 도시들이 카이 남작…… 아니, 카이 백작의 소유가 된 건가?"

"그렇다는 말은……."

귀족들이 침을 꿀꺽 삼키며 연회장에 한 쪽 무릎을 꿇고 있는 모험가를 쳐다봤다. 거대해 보였다.

그저 흥미의 대상에 불과했던 그는 어느새 왕국을 주름 잡는 폭풍이 되어 있었다. 게다가 그의 영지들이 밀집된 장소가 모두 '동부'라는 것이 또 중요했다.

'로잔과 트라반은 모두 건실한 도시들.'

'영주된 입장에서는 자금을 투자할 필요도 없이, 즉시 수익을 뽑을 수 있는 영지다.'

'그런 장소가 단숨에 두 곳이나 손에 들어온다면……'

'당분간 동부를 주시해야겠군. 새로운 격전지가 되겠어.'

마치 고인 물처럼 정체되어 있던 동부의 체스판에 새로운 퀸이 등장하는 꼴이었다. 그것도 당장에라도 동부를 대표하는 대영주가 되어도 모자람이 없는, 초대형 뉴페이스였다.

제법 해프닝이 있던 파티였지만, 기본적으로 베오르크의 탄신 파티는 성공적으로 끝났다.

귀족들과 모두 인사를 나눈 그는 쿨하게 연회장을 나섰고, 그때부터 귀족들은 본격적으로 인맥을 쌓기 시작했다.

그 시간 동안 가장 많은 인기를 누린 것은 단연 카이였다.

"다종족의 도시인 리버티아의 풍경이 그리 아름답다고 했네. 한 번 구경 가보고 싶군."

"내 딸 아이가 아르칸 아카데미에서 교육을 받는 중이네. 나중에 같이 차라도 한 잔 마셔보지 그러나?"

영혼이 쏙 빠질 정도로 많은 귀족들에게 둘러싸인 카이가 속이 울렁거리는 것을 느끼는 찰나.

"적당히들 하게."

"카이 백작이 많이 난처해 보이는군."

하인드, 스텐 백작이 나타나 그에게 동아줄을 내려주었다.

대영주들의 등장에 다른 귀족들은 어색한 미소만 지으며 슬금슬금 뒤로 물러났다.

"가, 감사합니다."

카이의 감사 인사에 하인드 백작이 미소를 지었다.

"마음에 들었으면 좋겠군. 솔직히 나도 전하께서 백작 작위를 주신다고 했을 때는 굉장히 놀랐다네."

"너무 마음에 듭니다, 감사합니다."

입에 발린 소리가 아니라 정말 마음에 들었다.

물론 그 이유는 간단했다.

[다섯 개의 영지를 지배하는 영주가 되셨습니다.]
[라시온의 국왕에게 승작 서임을 받으셨습니다.]
[스페셜 칭호, '최초의 백작' 칭호를 획득했습니다.]

무려 스페셜 칭호를 얻게 되었으니까.

'자작 칭호를 받은 플레이어는 제법 많아도, 확실히 백작은 처음이지.'

잔뜩 흥분한 카이는 곧장 칭호의 효과를 살폈다.

[최초의 백작]

[등급 : 스페셜]

[내용 : 최초로 백작 위(位)를 지닌 유저에게 주는 칭호.]

[효과 : 모든 스탯 +30, 위엄 +300.

스킬-선전포고 사용 가능.

(이 효과는 칭호를 장착하지 않아도 적용됩니다.)]

훌륭한 칭호였다. 모든 스탯과 위엄을 상승시켜주는 것은 물론, 스킬까지 내장되어 있었으니까.

'선전포고는 또 뭐지?'

카이는 곧장 스킬 설명을 읽어보았다.

[선전포고]

영지 혹은 세력에게 선전포고를 하고, 일주일 동안 아군 세력의 모든 능력치를 5% 증가시킵니다. 이 효과는 선전포고를 한 세력과 싸울 때만 적용됩니다.

재사용 대기시간 30일.

"오오……"

과연 백작의 힘은 강력했다. 아군의 실질적인 능력치를 무려 5%나 증가시킬 수 있다니.

'재사용 대기시간이 30일인 건 조금 아쉽지만, 지속 시간이 일주일이야.'

다른 세력과 전쟁을 1년 365일 하는 게 아니라는 걸 생각하면, 충분히 좋은 스킬이었다.

'얻은 게 많아.'

유난히 바빴던 하루를 떠올린 카이가 빙그레 미소 지었다.

흑석으로 이루어져 있는 음침한 신전, 여기저기 걸려 있는 횃불에는 푸른 화염이 타오르고 있었다.

"확인 결과, 할리는 사망한 것이 맞습니다."

"……"

그곳은 다름 아닌 뮬딘 교의 본단. 수만 명의 신도가 거주하며 자급자족을 할 수 있는 조그마한 규모의 왕국 같은 장소였다.

"할리는 본교가 만들어낸 작품 중 가장 강력한 존재 중 하나. 나중에 회수해야 할 녀석이었거늘……."

예전에 알버트 교황을 타락시키려던 모략을 꾸몄던 아트록 추기경이 중얼거렸다.

그의 말처럼, 뮬딘 교에서는 할리를 가만히 방치해 두고 있던 것이 아니었다. 실제로 얼마 전에는 신도 중 하나를 보내 얌전히 돌아올 생각이 없냐고 의중을 물었던 적도 있었다.

'조만간 힘으로 데려와서 다시 세뇌시킬 생각이었는데, 아쉽군.'

조금만 더 빨리 일을 진행했다면 좋았을 것을.

진한 아쉬움을 드러낸 아트록 추기경이 제 부하를 쳐다보며 물었다.

"그 녀석이 제안한 작전은 어떻게 되어가고 있느냐."

"골리앗 신도가 발의한 작전 말입니까? 이제 막바지에 이르렀습니다."

"성공률은 어느 정도로 보고 있지?"

"정말 참신한 작전입니다. 시간은 조금 걸리겠지만, 잘 진행되기만 한다면, 적어도 라시온 왕국은 치명적인 피해를 입게 될 것입니다."

"이번 작전의 결과가 훌륭하면 다른 왕국과 제국에도 같은 방법을 시도하면 되겠군."

아트록 추기경이 탐욕에 가득 찬 목소리로 중얼거렸다.

97장
신의 한 수

카이가 최초로 미드 온라인의 백작이 되었다는 소문은 빠르게 퍼져 나갔다. 주로 귀족들의 입에서 흘러나온 이 사실은 일차적으로 그들과 친분이 있던 랭커들의 귀로 들어갔고, 그들은 커뮤니티에 이 정보를 흘렸다.

대부분의 유저들 귀로 카이의 승작 소식이 들어가는 데에는 그리 오랜 시간이 지나지 않았다.

-아니, 카이 원래 남작 아니었냐? 한 번에 2단 승작이라고? 이게 말이 됨?
└그런데 그것이 실제로 일어났습니다.
-이래서 갓노운, 갓노운 하는구나. 세계 8대 길드조차 못 하던 걸 개인이 떡하니 해버리네.
-랭킹 1위, 보유한 영지 다수…… 이것만 해도 부러운데 이제는 백

작의 권력까지?

└거기에 하나 더하자면, 이번에 드워프 장인들 파견하면서 어마어마한 돈을 받아냈을걸. 그것까지 생각해 보면 재력도 전 세계 1위가 아닌가 싶다.

└에이, 아무리 그래도 블랙마켓 길드가 있는데 개인이 재력 1위인 건 많이 오바인 듯.

└빠돌이 짓도 좀 적당히 하자. 뭐만 하면 언노운이 최고래ㅋㅋㅋㅋ

이미 카이는 미드 온라인의 대명사 같은 존재였다. 특히 어느 길드에서 소속되지 않은 그가 단신으로 일군 업적들을 동경하는 유저들은 많았다. 인기인에게는 당연히 팬이 따르고, 또 안티 팬이 따르는 법.

카이는 오늘도 열심히 싸우는 키보드 워리어들을 보며 머리를 긁적였다.

"아마 나 맞을 텐데. 재력 1위……."

꾸준히 환전을 하고 있기는 했지만, 아직도 카이의 저택 금고에는 수천억 원 상당의 골드가 고이 잠들어 있었다.

'아무리 블랙마켓이 생산직 유저들의 집단이라고 해도, 나한테는 안 되지.'

길드 중 가장 덩치가 크다는 흑룡도 마찬가지였다. 그들이 보유한 모든 자산, 심지어 무형적 가치를 포함한다고 해도 그만한 값어치가 되지는 않을 테니까.

물론 카이는 이러한 사실을 유저들에게 알릴 필요성을 느끼지 못했다.

'페가수스 사랑 약속을 하기도 했고, 무엇보다 알려져서 좋을 건 없으니까.'

지금만 해도 유저들의 시기와 질투는 매일매일 눈덩이처럼 불어나는 판국이다.

여기서 자신이 재력마저 게임 내 최강이라는 것이 밝혀진다면?

"아, 생각만 해도 끔찍하다."

악플 세례를 떠올리는 것만으로도 온몸이 부르르 떨렸다.

그런 카이를 지켜보고 있던 헬릭이 고개를 갸웃거렸다.

"무엇이 말이냐?"

"음? 아 그게……."

현재 카이는 천상의 정원에서 뒹굴뒹굴거리는 중이었다.

백작으로 승작도 했고, 당장 깨야 할 퀘스트도 없었다.

심지어 이번에 하인드 백작에게 인계받은 로잔과 트라반 영지는 글렌데일 정도 크기의 도시. 굳이 카이가 손댈 필요도 없이 꾸준히 성장 중인 장소였다.

'게다가 영주 대리들도 훌륭하고.'

현재 두 도시의 영주 대리직을 맡고 있는 자들은 형제지간이었다. 고아였던 두 사람 모두 하인드 백작의 후원을 받아 성장한 케이스로, 그를 향한 충성심은 대단했다.

'백작님은 부담스러울 테니 내 사람을 채우라고 하셨지만, 글쎄.'

카이는 굳이 일 잘하는 두 사람을 교체할 필요성을 느끼지 못했다. 가장 큰 문제는, 현재 카이 주변에 영주 대리직을 맡을 유능한 인재가 없다는 부분이었다.

"흠. 이거 진짜 공고 한 번 때려야 하나."

카이가 진지하게 고민을 하고 있자, 옆에서 빼액 소리가 들려왔다.

"이이…… 내 말을 왜 계속 무시하는 것이냐!"

"음?"

잠시 생각에 잠겨 있느라 옆에서 무슨 말을 하는지도 몰랐던 것이었다.

카이는 작은 두 손을 앙 쥐고 몸을 바르르 떠는 헬릭을 쳐다봤다.

"내가…… 내가 여섯 번이나 무슨 일이냐고 물었거늘……."

"여, 여섯 번이나요?"

정정한다. 생각을 잠시 동안 한 것이 아닌 모양이었다.

'여섯 번이나 불렀다고? 이런……'

카이는 눈물까지 그렁그렁 맺혀 있는 헬릭을 달래기 시작했다.

"죄송해요, 제가 잠시 다른 생각을 좀 하느라……."

"본인이 받드는 신을 눈앞에 두고 딴생각을 하다니. 그대처럼 불경한 사도는 처음이니라!"

헬릭은 단단히 화가 났는지, 카이의 얼굴을 보기도 싫다는 듯 몸을 반대쪽으로 휙 돌렸다.

난처한 표정으로 그녀의 뒤통수를 쳐다보던 카이가 한숨을 내쉬었다.

'이 방법은 웬만하면 쓰기 싫었지만……'

카이는 인벤토리에서 잘 포장된 고급 초콜릿 박스를 하나 꺼내 들었다. 고급 초콜릿이라고 하면 가장 먼저 떠오르는 일본의 브랜드 초콜릿 중 하나로, 일본 여행을 다녀오는 이들이라면 여행 선물로 많이들 사 오는 로이즈 초콜릿이었다.

'이거 미드 온라인에서는 몇 개 생산되지도 않아서 프리미엄이 잔뜩 붙는 거지만.'

헬릭의 토라진 기분을 푸는 데는 이만한 것이 없었다.

"킁킁……"

이제는 완전히 과자 귀신이 되어버린 헬릭의 몸이 움찔거렸다. 초콜릿은 분명히 밀봉되어 있었지만, 그녀는 초콜릿의 기운을 귀신같이 느낀 것이다.

"헬릭 님, 선물을 드릴 테니 한 번만 봐주세요."

카이가 생글생글 웃으며 초콜릿 박스를 내밀었다.

하지만 놀라운 일이 벌어졌다.

"으으…… 넘어가지 않을 것이니라."

헬릭이 무려 초콜릿을 거부하는 초유의 사태가 벌어진 것이었다.

"마, 말도 안 돼……."

카이가 멍하니 입을 벌리며 놀라워하는 사이, 헬릭은 두 주먹을 와들와들 떨면서 저항했다. 이에 그녀가 걱정된 카이는 초콜릿 상자를 그녀의 어깨 위로 내밀었다.

"헬릭 님. 참지 않으셔도 됩니다. 무리하지 마시고 어서 받으세요."

"앗…… 이건 봄 한정판인 벚꽃 에디션……."

"제가 헬릭 님을 위해 어렵게 구한 거예요."

"그래도…… 그래도 안 되느니라."

"예? 대체 뭐가 안 된다는 말이에요?"

카이의 질문에 헬릭은 거의 울 듯한 목소리로 말을 이어나갔다.

"로, 로비가 그랬단 말이다. 그대와 오랫동안 사이좋게 지내고 싶으면, 밀고 당기기를 잘해야 된다고…… 그런데 내가 맨날 맨날 사탕이랑 초콜릿만 보면 사족을 못 쓰니 금세 질릴 수도 있다고……."

훌쩍훌쩍.

결국 헬릭이 울음을 터뜨리자 깜짝 놀란 카이는 황급히 그녀를 돌려세웠다. 그새 눈이 퉁퉁 부어오른 헬릭은 서러운 표정으로 연신 눈물을 닦아내며 물었다.

"흐어엉, 그대는…… 정말로 내가 사탕만 좋아해서…… 질려 버린 것이더냐?"

세상의 억울함을 전부 끌어모은 듯한 그 목소리에, 카이는 기겁을 하며 부정했다.

"그럴 리가요! 절대 아닙니다. 애초에 왜 그런 생각을 하시는 거예요?"

"그치만…… 요즘은 자주 찾아오지도 않고…… 인간 세상 구경도 또 시켜준다고 했으면서 약속도 안 지키고…… 로비가 그러는데, 그건 나를 향한 애정이 식어서 그런 거라고 했느니라."

"최근 일이 바빠서 자주 못 온 건 맞지만, 헬릭 님을 향한 마음은 그대로입니다."

"흐우웅."

"그러니까 그런 생각은 하지 마세요. 자, 헬릭 님. 뚝!"

"뚝……."

계속된 달래기 끝에 헬릭의 울음은 머지않아 그쳤다.

카이는 그린 그녀의 머리를 천천히 쓰다듬었다.

토닥토닥.

"우리 헬릭 님 말도 이렇게 잘 들으시는데 제가 어떻게 미워해요. 그런 오해 마세요."

"우웅……."

완벽하게 의심을 거둔 헬릭의 볼이 마치 갓 쪄낸 떡처럼 흐물흐물해졌다. 이건 그녀가 편안한 기분을 느끼고 있을 때 나타나는 현상이었다.

"그럼 헬릭 님, 잠시 초콜릿 좀 드시고 있으세요. 울지 마시고. 알겠죠?"

"알겠느니라. 어디 가느냐?"

역시 아이들은 감정의 기복이 심하다.

달콤한 벚꽃 향이 흘러나오는 초콜릿을 우물거리며 행복한 웃음을 짓던 헬릭이 물었다.

"잠시 어디 좀 다녀올게요. 금방 와요."

"다녀오거라."

"네, 그럼 잠시……."

밝게 웃으며 몸을 돌린 카이의 눈빛은 활활 타오르고 있었다.

"로비!"

사랑의 신 로비가 거주하는 섬은 우아한 백색과 정열적인 붉은색으로 꾸며진 장소였다.

따스한 햇살 아래에서 비치 체어에 누워 있던 로비가 쓰고 있던 선글라스를 슬쩍 들어 올렸다.

"어머, 이게 누구람?"

"누구고 자시고, 대체 왜 그런 겁니까?"

카이의 불만 가득한 표정을 쳐다보던 로비가 쿡쿡 웃었다.

"이렇게 막 대하는 인간은 처음이네. 일단 나도 신인데."

"지금 농담할 기분 아니에요. 헬릭 님한테 왜 그런 쓸데없는
소리를 한 겁니까."

낮게 울리는 카이의 목소리는 마치 언제 터질지 모르는 폭
탄처럼 느껴졌다.

"아아, 그래서 왔구나."

재미있다는 듯 짓궂은 미소를 지은 로비가 어깨를 으쓱거리
며 야자수 음료수를 쪼옥 빨았다.

"그야 재미있잖아. 너도 알 텐데?"

"그건……."

솔직히 인정한다. 순수한 헬릭을 놀리는 건 무척이나 재미
있는 일이었으니까.

로비는 상체를 일으켜 비치 체어에 앉으며 말을 이었다.

"조금 신기해서 그랬어. 솔직히 질투 나기도 하고. 그 꼬맹이
가 누군가를 이렇게까지 의지하는 건 처음 보거든."

"……질투라니, 저한테 말입니까?"

"맞아. 그리고 헬릭에게도 조금."

로비가 혀를 쏙 내밀며 말했다.

"부럽잖아. 신도가 가장 많아서 신성력이 제일 높다는 것도. 너처럼 유능한 사도를 두고 있다는 것도."

"……그래서 헬릭 님이 미우신 겁니까?"

"아니?"

로비는 무슨 말을 하냐는 듯 고개를 저었다.

"진심으로 헬릭이 미웠으면 그 정도로 안 끝났지. 아마 이간질을 시켰을걸."

"……"

실제로 로비의 말이 짓궂기는 했지만, 헬릭이나 자신을 향한 명백한 적의가 담겨 있지는 않았다.

"그래도 앞으로는 이런 장난치지 마세요. 재미없을 겁니다."

"어머, 무서워라. 하지만 말 잘 들을게. 그럼 앞으로 나도 신경 좀 써주겠지."

"……이미 감점당했습니다."

"그건 좀 아쉽네."

배시시 웃던 로비가 선글라스를 벗고는 테이블 위에 올려놓았다.

다시 봐도 아름다운 외모였다. 과연 사랑과 미(美)를 관장하는 신이라는 납득이 저절로 될 정도였으니까.

"그래서, 실제로는 어떻게 생각해?"

"뭐가요."

질문에 대꾸하는 카이의 목소리는 퉁명스러웠다. 그것은 마치 자신의 아이에게 안 좋은 말을 가르친 불량아를 대하는 듯한 아버지의 목소리 같았다.

"헬릭 말이야. 그녀는 너에게 어떤 존재지?"

무슨 답을 요구하는지 모르겠다. 카이는 질문의 요지를 파악하기 위해 그녀의 커다란 눈동자를 빤히 쳐다봤다.

"소중한 사람이죠. 제가 모시는 신이지만…… 솔직히 말하면 늦둥이 여동생 같은 느낌?"

"아하, 대하는 태도를 보면 영락없이 딸처럼 여기는 줄 알았는데."

"제가 결혼해 본 적은 없어서, 딸을 대하는 느낌이 어떤지는 잘 모르겠습니다만……."

잠시 생각을 해보던 카이가 고개를 끄덕였다.

"뭐, 이런 기분일 수도 있겠네요."

"그래? 그렇다면 내가 헬릭에게 했던 말을 좀 더 깊게 들어줬으면 좋겠어. 그거, 놀리려는 의도도 있었지만 너에게 전하는 경고의 의미도 있었으니까."

"그건 또 무슨 소립니까?"

"헬릭이 울리지 마. 밝고 순수해 보이는 아이지만, 제법 상처가 많은 아이니까."

"흠."

패트릭에 이어서 두 번째로 듣는 말이었다.

"무슨 일인지 말해줄 수 있습니까?"

"숙녀에 대한 비밀을 뒤에서 캐고 다니는 건 실례야."

말해줄 생각은 없다는 뜻이다.

가볍게 혀를 찬 카이는 뒤돌아섰다.

"……아무튼, 헬릭 님한테 두 번 다시는 이상한 소리 하지 마세요."

"알았어요, 헬릭 아버님~"

카이는 끝까지 농담을 건네는 로비를 뒤로한 채 헬릭에게 돌아갔다.

카이는 헬릭을 울린 죄로 하루 종일 그녀와 놀아주어야 했다. 의사와 환자 놀이를 끝낸 뒤, 짤막한 휴식 시간 동안 간식을 먹던 헬릭이 물었다.

"카이여, 저게 무엇이더냐?"

그녀는 천상의 정원 끝자락에 걸터앉아 있었는데, 자칫하면 섬에서 떨어질 정도로 위험해 보였다.

하지만 아무리 위태로워 보여도 그녀는 신.

그 옆에 함께 앉아 있던 카이가 그녀를 쳐다봤다.

"뭐가요?"

"저것 말이다, 음…… 그대의 눈에는 안 보이려나. 그렇다면 이러면 되겠지."

헬릭이 가볍게 머리카락을 비비 꼬자, 카이의 눈앞으로 짤막한 영상이 나타났다. 영상은 한 도시를 돌아다니는 유저들을 담고 있었다.

"저들이 손에 들고 다니는 것은 무엇이더냐?"

"아…… 저거요."

헬릭이 가리키는 물건의 정체를 알아챈 카이가 고개를 끄덕였다.

"폰이라고 불리는 물건이에요."

"폰(Pawn)? 저게 졸병이라는 뜻이더냐?"

"아니요. 그 폰이 아니고, 폰(Phone)인데…… 음."

어떻게 설명해야 할지 고민하던 카이가 적절한 예시를 들어 줬다.

"일종의 통신기예요. 저게 있으면 거리가 멀리 떨어져 있어도 서로 연락을 할 수 있죠."

"우와아, 대단하니라. 그런데 원거리 통신 수정구와는 다른 것이더냐? 똑같이 생겼는데."

"네. 똑같이 생겼지만, 저건 통신 수정구처럼 전화는 못 해요. 대신 문자를 보낼 수 있습니다."

"문자…… 한마디로 글자를 통해 의사를 전달할 수 있다는 뜻이구나."

"맞아요. 똑똑하셔라."

카이가 머리를 스윽스윽 쓰다듬자, 기분이 좋아진 헬릭이 헤헤 웃었다.

"그럼 저것만 있으면 원하는 존재랑 연락할 수 있는 거냐?"

"네. 상대방의 인식 번호를 등록하기만 하면 간단하죠."

"그 말은…… 이곳에서도 사용할 수 있다는 소리겠지. 그렇지?"

"음, 그건 모르겠네요. 여긴 천계잖아요."

"차원이 다르면 사용할 수 없는 것인가?"

"그렇지 않을까요?"

"음……."

잠시 고민을 하던 헬릭이 고개를 끄덕였다.

"좋다. 그럼 내가 만들겠느니라."

두 주먹을 앙 쥔 헬릭이 다짐했다.

"완성되면 내가 하나 주겠느니라."

"설마…… 제가 이번처럼 너무 연락이 안 될까 봐 그러시는 거예요?"

살짝 감동을 먹은 카이가 귀여워 죽겠다는 눈빛으로 헬릭을 쳐다보자, 그녀가 고개를 끄덕였다.

"응웅. 저번에도 과자가 다 떨어졌는데 연락이 안 돼서 힘들었느니라. 그런 일은 두 번 다시 있어서는 안 되느니라."

"……"

감동은 빠르게 식었다.

"그렇게 완성된 것이…… 바로 이것이니라!"

팔짱을 끼고 있는 헬릭의 표정에서는 대단한 자신감이 엿보였다. 그녀의 얼굴을 쳐다보던 카이가 시선을 내리자, 테이블 위에 올려진 수정구가 보였다.

바로 폰이었다.

"이건 폰이잖아요?"

"응웅. 대단하지 않느냐?"

딱히 대단할 건 없었다.

왜냐하면 이 폰은 자신이 사주었던 것이었으니까.

"뭐가 신기해요? 이거 제가 사드린 거잖아요."

"그, 그건 그런데…… 끝까지 들어보거라."

살짝 당황한 헬릭이 고개를 붕붕 저으며 폰을 집어 들었다. 그녀는 마치 쇼핑 호스트처럼 제품을 요리조리 설명하기 시작했다.

"그대가 사준 폰은 마력 기반으로 움직이는 도구인 터라 천계에서는 사용이 불가능하다."

"그랬죠. 그래서 흥미가 떨어지신 것 아니었어요? 한참 가지고 노시다가 안 그러시길래 흥미 다 떨어지신 줄 알았는데.”

“헤헤. 나는 태양신이라서 포기를 모르는 신인 것이다.”

헬릭이 폰을 번쩍 들어 올리자 그녀의 머리 위 광채가 빠르게 반짝였다.

“이것은 보통 폰이 아니니라. 바로 내가 개조한 폰이지.”

“개조? 헬릭 님께서요?”

그제야 살짝 흥미가 생긴 카이가 신기하다는 눈빛으로 폰을 만져보기 시작했다.

“응응. 개조했느니라.”

“뭐가 달라졌죠?”

“결과부터 말하자면 천계에서도 사용할 수 있다는 점.”

“오?”

새삼 그녀가 대단하게 보인 카이가 작동 원리에 대해 물었다.

“간단하니라. 기존의 마력 회로를 모두 들어내고, 신성력이 소모되게끔 기반을 바꾸었다.”

“헐. 제법 고난이도 작업처럼 들리는데요?”

“괜히 신이겠느냐.”

으쓱으쓱.

어깨를 들썩이는 그녀를 보던 카이가 고개를 끄덕였다.

“그럼 이제 이걸로 연락이 가능한 거네요?”

“응응. 그대가 나에게 주었던 폰들을 모두 개조해서 다른 신들에게도 나누어줬느니라."

왜인지 모르겠지만, 앞으로 제법 귀찮아질 것 같은 예감이 들었다.

"그리고 이게 그대의 폰이니라."

헬릭이 내미는 폰을 받아든 카이가 수정구를 이리저리 흔들었다.

'흐음. 나도 폰을 사용해 보는 건 처음인데.'

애초에 폰을 통해 연락을 할 만큼 친한 유저도 없다. 게다가 기본적으로 미드 온라인에는 메시지 시스템이 있다.

간단하게 비유하자면, 기본 메시지 시스템은 휴대폰의 메시지 앱. 그리고 폰은 따로 다운로드를 받은 메신저 앱이라고 보는 편이 간단했다.

"그런데 이거 어떻게 사용하는지는 아세요?"

카이가 폰을 흔들며 묻자, 헬릭이 고개를 끄덕였다.

"배웠느니라."

"오, 그럼 시험 삼아 한번 사용해 보실래요?"

"응!"

잔뜩 신이 난 헬릭이 폰을 집어 들었다.

잠시 후, 카이가 들고 있던 폰에서 알림음이 울렸다.

'진짜 사용할 줄 아시는구나.'

피식 웃은 카이는 그녀가 보낸 메시지를 확인했다.

[헬릭 : 짠. 나 이거 사용할 줄 아느니라.)_(]

"헐."

귀여운 이모티콘까지 사용하는 것을 보아하니 큰 걱정이 들지는 않았다. 다만, 카이는 당부를 잊지 않았다.

"아주 잘 사용하시네요. 그래도 계속 보면 눈 나빠지니까 너무 많이 사용하시면 안 돼요?"

"으응. 알겠느니라."

그녀의 머리를 쓱쓱 문질러 준 카이가 떠날 채비를 했다.

"……또 가느냐?"

"네. 다음에 올 때는 한정판 케이크 사 올게요. 제국 쪽 도시에 진짜 유명한 파티쉐가 새로운 빵집을 차렸다고 하더라구요."

"흐응."

묘하게 시무룩해 보이던 헬릭이 폰을 흔들었다.

"문자 보낼 것이니라."

"하하하. 언제든지 보내주세요."

"응! 기대하거라!"

헬릭과 카이는 서로를 향해 두 손을 열심히 흔들며 인사했다.

화요일이 되자 정우는 자연스럽게 유하린과 만났다. 처음에는 그녀와 행복 보육원에서만 만났는데, 시간이 흐르면서 다른 곳을 약속 장소로 삼는 경우가 빈번해졌다.

물론 만남의 본질을 잊어버린 것은 아니었다. 행복 보육원은 이미 유하린의 손길이 군데군데 닿아서 정우가 딱히 더 도와줄 일이 없었다. 때문에 그녀에게 상담을 했고, 화요일마다 자신과 함께 다른 보육원에 봉사를 하러 가자는 제법 기묘한 결론이 나게 된 것이었다.

"일찍 나오셨네요, 하린 씨."

한정우는 약속한 거리에서 자신을 기다리고 있는 유하린에게 다가갔다.

그녀는 활동하기 편한 기능성 트레이닝 복을 입고 있었는데, 그것만으로도 그림이 되었다. 패션의 완성은 옷이 아닌 얼굴과 몸매라는 것을 입증한 유하린이 고개를 저었다.

"아니에요, 저도 이제 막 도착한걸요."

"그렇다면 다행입니다. 오늘은 어딥니까?"

"서초동에 위치한 한빛 보육원이에요. 최근에 후원해 주던 분들이 후원을 끊어서 재정 상태가 급격히 안 좋아졌대요."

"봉사할 맛이 나겠네요. 바로 가시죠."

두 사람 모두 차가 없는 관계로, 이동은 보통 대중교통을 통해 이루어졌다.

"제가 좀 찾아봤는데, 버스를 타면 보육원 앞 정류장까지 바로 갈 수 있어요."

"그래요? 그럼 버스 타시죠."

버스 정류장으로 이동한 두 사람에게 수많은 시선이 모여들었다.

"헐, 야 저기 봐봐."

"존예…… 여신이 따로 없네, 용기 있는 남자가 미녀를 쟁취한다는데, 번호라도 한 번 물어봐?"

"아서라, 아서. 옆에 남자친구 있는 거 같은데."

"에이, 설마 남자친구겠어?"

엄청난 미모의 유하린과, 깔끔한 외모를 자랑하지만 미남이라기엔 턱없이 부족한 정우. 두 사람의 조합은 이들을 지켜보는 사람들의 고개를 갸우뚱거리게 만들 수밖에 없었다.

"그런데 나 저 여자 어디서 본 것 같은데. 어디였지?"

"또, 또 되도 않는 뇌피셜 나온다. 저런 여자를 봤으면 바로 기억났겠지."

"그건 그래."

어딜 가나 시선을 잡아끄는 유하린과 함께 이동을 하는건 처음엔 제법 고역이었다.

하지만 인간은 적응의 동물. 이제 와서는 정우도 그런 사람들의 시선을 무덤덤하게 받아들였다.

'처음에는 조금 부담스러웠지만, 이제는 뭐.'

아이돌 매니저들이 이해되는 심정이랄까.

버스 좌석에 앉은 두 사람의 대화 주제는 자연스럽게 공통분모인 게임으로 이어졌다.

"아, 그러고 보니 최근 레벨이 아예 오르지 않고 계시던데, 무슨 일이라도 있으세요?"

"아뇨. 그냥 최근에 너무 달렸던 것 같아서 잠시 휴식기를 가지는 것뿐이에요."

"헐. 부러워요…… 전 언제쯤이면 그런 사치를 부릴 수 있을까요."

정말로 부럽다는 눈빛을 보낸 유하린은 자신의 눈 밑에 드리워진 다크서클을 문질렀다.

"전 하루라도 사냥을 쉬면 크리스. 그 남자한테 랭킹을 빼앗겨서 쉴 수가 없어요."

"하린 씨는 의외로 랭킹에 신경 안 쓸 것 같았는데, 아니네요?"

그녀는 알아가면 알아갈수록 쿨하고 도도하다는 이미지와는 거리가 멀었다.

"당연히 신경 쓰이죠. 사람이라면 다 그렇지 않을까요? 어떻게 올라온 자리인데. 더군다나…… 아, 방송은 보셨죠?"

"절대자의 던전을 말씀하시는 거라면, 당연히 봤습니다."

지금 그녀가 무슨 말을 하고 싶은 건지도 알 것 같았다.

"그럼 아시겠지만 전 직업이 없잖아요."

"사실 그 부분이 좀 궁금하긴 했습니다. 대체 왜 전직하지 않으시는 겁니까?"

랭킹 2위인 그녀는 아직까지 전직을 하지 않은 노비스 플레이어. 그것이 밝혀지고 난 뒤 그녀를 향한 평가는 훨씬 더 올라갔다.

'아마 내가 태양의 사제 같은 직업을 획득하지 못했다면……'

타고난 천재인 그녀의 발치에도 도사리지 못했겠지.

그래서 정우는 더더욱 궁금했다.

'직업을 하면 저기서 더 강해진다. 이건 정해져 있어.'

전직 보너스로 주어지는 스탯, 그리고 직업 전용의 스킬들. 마지막으로 특정 클래스만이 착용할 수 있는 장비들까지. 전직을 하게 되면 따라오는 부가 효과는 이루 말할 수 없다.

하지만 유하린은 그 모든 것들을 거부하고 초보자의 길을 걷고 있는 중이었다.

"음…… 설명하자면 조금 긴데요."

"괜찮습니다. 어차피 보육원 도착할 때까지는…… 32분 정도 남았네요."

휴대폰의 지도 앱을 확인하며 대꾸하자, 유하린이 부끄러운 듯 고개를 푹 숙였다.

"이거 뭔가, 고등학교 다닐 때 진로 상담하는 것 같아서 핑

장히 부끄럽지만……."

우물쭈물, 말을 잇지 못하던 그녀가 기어가는 목소리로 중얼거렸다.

"제가 뭘 하고 싶은지 모르겠어요."

"……지금 게임 직업에 대해서 말씀하시는 거 맞죠?"

"네에."

"저번에 보니까 하린 씨는 근접전을 엄청 잘하시던데, 그럼 기사나 무도가 같은 거 하시면 되잖아요?"

"그게, 처음에는 저도 그러려고 했는데. 막상 전직을 하려고 하니 끌리지가 않아서요."

"포지션 변경을 해보고 싶으시다는 겁니까?"

붕붕.

유하린이 고개를 저었다.

"전투 자체는 지금이 좋고 재미있어요. 마법사랑 궁수의 직업 체험도 해봤지만, 근접전만큼의 재미는 없었거든요. 지근거리에서 몬스타랑 서로의 목숨을 노리며 서로의 심리를 읽는 그 순간이 저는 정말 즐거워요."

근접 클래스가 제격인 사람이다.

"하지만…… 저도 뭐라고 잘 설명하지는 못하겠네요. 그냥 일반적인 직업은 안 끌려요."

이어서 그녀는 부러운 듯한 시선으로 카이를 쳐다봤다.

"그래서 정우 씨가 더 부러운 걸지도 모르겠네요."

"제가 왜요?"

"멋있으시잖아요. 근접에서 싸우는 성기사 클래스에, 약자들을 도와주며 성자라고 불리기까지 하시니까. 저도 그렇게 싸우면서 뭔가 남들에게 도움이 되고 뜻깊은 직업을 가지고 싶어요."

"……."

정우가 굉장히 미묘한 표정을 지었다. 자신이 사제라는 것을 알면 이 여자는 대체 무슨 반응을 보일까.

'물론 그걸 말할 날을 안 올 것 같지만…….'

정우는 옅은 한숨을 내쉬며 속상해하는 유하린을 물끄러미 쳐다보았다.

'심성 만점에 전투 센스 만점…… 거기다가 아름답고 레벨도 높음…….'

이유는 모르겠지만, 카이 캐릭터의 인벤토리에 보관되어 있는 반지 하나가 떠오른다.

'칼 라샤의 반지.'

라이넬은 자신에게 교단을 부흥시킬 수 있는 사람을 추천해 달라며 그 반지를 맡겼다. 그 직업을 통해 획득할 수 있는 직업은 무려 '칼 라샤의 이단심판관(영웅)'.

'히든 클래스이고, 그건 진짜 강력한 직업일 거야.'

물론 태양의 사제만큼은 아니겠지만, 못해도 미네르바의 직업인 성녀에 비견될 것이다.

　잠시 생각을 이어가던 정우가 한껏 진지한 표정으로 입을
열었다.

　"하린 씨, 혹시 신을 믿으시나요?"

　"……에, 갑자기요?"

　그녀의 입장에서는 굉장히 당혹스러운 질문이었다.

　보육원에서 뜻깊은 봉사를 마치고, 후원을 하기로 결정한
정우는 곧장 집으로 돌아왔다.

　"일단 한번 보자고 했지."

　사실 유하린에게 그 반지를 맡기는 건 정우의 입장에서는
미안하기도 했다.

　'칼 라샤의 이단심판관은 분명 강력할 거야. 하지만 그만큼
발목을 잡는 것들도 많지.'

　우선 교단의 부흥.

　이미 잊혀진 신이 되어버린 변화의 신 '칼 라샤'의 교단을 하
나부터 열까지 다 재건해야 한다. 그 길은 분명히 외롭고 힘들
며, 무척이나 많은 시간이 들 일이 분명했다.

　특히 랭킹 2위인 유하린이 그 일을 병행하기 시작하면, 분명

히 사냥에도 지장이 생길 것이 분명했다.

'하지만 그건 그녀가 선택할 문제니까.'

자신이 할 수 있는 일은 그저 알고 있는 것을 최대한 자세히 설명해 주는 것밖에.

곧장 게임에 접속한 카이는 유하린이 사냥하고 있다는 사냥터로 향했다.

최상위 랭커들만이 사냥을 할 수 있는 나힐름 협곡. 그곳에는 이미 생을 마감한 불쌍한 몬스터들의 시체가 널브러져 있었다.

"아! 일찍 오셨네요."

"……접속하자마자 사냥하신 거예요?"

"이 주변에서는 딱히 할 일도 없어서요."

어색한 웃음을 흘리던 유하린이 화제를 돌리고자 입을 열었다.

"그런데 꼭 하고 싶으시다는 말이 대체 뭐예요? 일부러 제가 있는 장소로 찾아오시기까지 하고."

현실에서 그 말을 하는 한정우는 마치 무언가 중대한 결심을 한 사람처럼 진지한 표정을 짓고 있었다.

"아, 사실은……."

카이는 인벤토리를 열어 고급스러운 반지함을 꺼냈다.

칼 라샤의 반지를 보관해 놓은 반지함이었다.

"이 반지를 드리고 싶……."

"자, 잠깐! 잠깐만요! 스톱!"

어느샌가 뒤로 다섯 걸음 정도 물러나 있던 유하린이 두 손 바닥을 앞으로 뻗으며 소리쳤다.

자세히 살펴보니 귀까지 빨갛게 물들어 있는 상태.

'왜 저러시지? 감기라도 걸리셨나?'

영문을 알 수 없던 카이가 고개를 갸웃거렸다.

"갑자기 왜……"

카이가 다가가자, 유하린은 다시 뒤로 물러섰다. 그녀는 앞으로 내민 양손을 위아래로 흔들며 횡설수설했다.

"이, 일단 진정하세요, 카이 님. 진정해 주세요."

"……뭐, 네. 진정했습니다."

카이는 어깨를 으쓱거리며 자신도 뒤로 한 걸음 물러섰다.

상대방에게 자신이 진정했다는 것을 보여주는 행동이었다. 확실히 그 모습은 유하린에게 약간의 안정감을 심어주었다.

"후, 후아…… 후우."

크게 심호흡을 하던 유하린은 제 손톱을 깨작거리며 뭔가를 고민하더니, 카이를 바라봤다.

시선을 내리자 그의 손에 잡혀 있는 반지함이 보인다.

'하으……'

진지하게 할 말이 있다고 발언한 점, 게다가 굳이 자신이 사냥하는 곳까지 몸소 찾아온 점.

마지막으로 그의 손에 잡힌 고급스러운 반지함.

'이건…… 사, 사귀자는…….'

화악!

귀 끝까지 잘 익은 홍시처럼 붉게 물든 유하린이 고개를 붕붕 저었다.

'아무리 생각해도 너무 일러. 너무 빨라, 너무 급해!'

카이가 좋은 사람이라는 것은 안다. 하지만 아직 두 사람은 서로에 대한 것을 몰라도 너무 몰랐다.

'이렇게 성격이 급하신 분인 줄은 몰랐는데…….'

여기선 아무래도 더 이성적인 자신이 브레이크를 걸어야겠지.

유하린은 단단히 각오를 굳힌 표정으로 입을 열었다.

"카이 님."

왜 부르냐는 눈빛으로 쳐다보자, 유하린은 미안함이 듬뿍 담긴 눈빛으로 그를 쳐다봤다.

"우선…… 죄송해요. 물론 카이 님이 나쁜 사람이 아니라는 건 알아요. 아마 처음에 행복 보육원을 찾아오신 것도 저를 찾아오신 것일 테지만…… 그 의도가 어쨌든, 제가 직접 겪어본 카이 님은 참 좋은 사람이에요. 제가 여러 번 말씀드렸지만 저는 친구가 없어요. 그래서 그런지 카이 님처럼 대화도 잘 통하고, 관심사도 맞는 좋은 분이랑 대화하는 게 즐겁고, 행복해서…… 일주일 중 화요일만 손꼽아 기다린 것도 사실이에요."

"……?"

뜬금없는 유하린의 고백에 카이가 눈만 깜빡였다.

'내가 지금 뭘 듣고 있는 거지?'

갑자기 왜 저런 말들을? 그리고 자신을 바라보는 저 안쓰럽고도 미안한 눈빛은 대체?

카이가 그녀의 말을 잠시 멈추려 했지만, 그녀는 선로 위를 달리는 기관차처럼 멈출 줄을 몰랐다.

"하지만 아직 너무 이른 것 같아요. 저희는, 솔직히 저희는 만난 지 얼마 되지도 않았고, 서로에 대해 모르는 부분이 더 많잖아요. 아직 시간이 너 필요해요. 정말 죄송합니다."

"예?"

카이가 당황한 음성을 뱉어냈다.

카이, 23세. 고백 경험 0회, 차인 횟수 1회. 나열하고도 이해가 안 되는 기적적인 데이터의 보유자, 카이가 손을 흔들었다.

아무리 연애 경험이 없다지만, 그도 지금 상황이 어떻게 돌아가는지 정도는 이해했다.

'지금…… 내가 고백한다고 생각하는 거지?'

곰곰이 생각해 보니 오해할 만하다.

카이는 난처해진 표정으로 유하린을 쳐다보았다.

'이걸 어떻게 설명해야…… 하린 씨의 이불이 무사하지?'

오늘 밤 수도 없이 걷어차일 그녀의 이불이 벌써부터 걱정되는 카이였다.

"흠흠."

잠시 생각을 정리한 카이가 조심스럽게 입을 열었다.

"저기, 하린 씨."

"마, 말씀하세요."

바짝 긴장을 한 유하린. 그녀는 카이가 마음을 접어주기를 바라며 긴장감 넘치는 표정으로 그를 쳐다봤다.

"우선 서로 간에 오해가 있었던 것 같습니다."

"⋯⋯오해요?"

"네, 오해요."

카이의 목소리는 절대 고백하는 사람의 것이라고는 생각할 수 없을 정도로 딱딱했다.

"오늘 하린 씨를 부른 건 딱히 고백하려고 부른 게 아니거든요."

"그, 그런⋯⋯ 그치만 그 반지함은!"

"확인해 보세요."

카이가 반지함을 열자, 유하린은 떨리는 손으로 반지를 들어 올렸다.

"칼⋯⋯ 라샤의 인도자 반지?"

정보를 확인한 유하린의 눈빛이 세차게 흔들렸다.

'고백하려던 게⋯⋯ 아니었어?'

그렇다면 자신이 카이에게 했던 말들은?

유하린은 세상이 어지러워지는 것을 느끼며 협곡의 바위에 주저앉았다.

"아으…… 아으으……."

바위 위에 쭈그려 앉아 고개를 무릎에 처박고는, 연신 앓는 소리를 흘리는 유하린. 시간을 되돌릴 수만 있다면, 더도 말고 덜도 말고 5분 전으로 되돌리고 싶은 그녀였다.

카이 또한 이 상황이 머쓱한지 괜히 협곡 너머 나무들의 수만 세고 있었다.

"그…… 직업을 추천드리려고 했어요. 칼 라샤의 이단심판관…… 영웅 등급의 히든 클래스거든요. 오늘 하린 씨가 근접전을 하는 것도 재미있고, 뜻깊은 직업을 가지고 싶다고 하셔서."

"그, 그러셨군요. 전 그것도 모르고…… 죄송해요."

"괜찮습니다."

뒷머리를 가볍게 긁던 카이가 화제를 전환했다.

"그래서, 직업은 어떻게 생각하세요?"

"……에? 아, 직업…… 그러니까……."

가출했던 정신이 조금씩 돌아오자, 유하린은 다시 한번 반지의 내용을 살폈다.

'칼 라샤 교단…… 변화의 신……?'

이미 망해버린 교단이었지만, 무려 이단심판관으로 전직을 할 수 있는 반지였다. 경매장에 올린다면 구매자가 트럭도 아닌 비행기 채로 설 것이 분명한 아이템.

유하린이 잠시 고민에 빠져 있자, 카이가 한 가지 제안을 했다.

"혹시 고민되신다면, 한 번 만나보시는 건 어떠세요?"

"……누구를요?"

"칼 라샤. 하린 씨가 전직을 하게 되면, 모시게 될 신 말입니다."

변화의 농장. 그곳은 다름 아닌 칼 라샤가 거주하는 천계의 장소 이름이었다. 그녀가 변화를 관장하는 신인 만큼, 변화의 농장에는 매일매일 색다른 꽃과 식물들이 자라나고 있었다.

"예뻐요……."

유저 중에선 두 번째로 천계에 방문하게 된 유하린이 황홀한 표정으로 농장을 둘러봤다.

"잠시만 기다리고 계세요."

그녀를 놔둔 카이는 곧장 농장의 안쪽에 위치한 오두막으로 다가갔다.

똑똑똑.

문을 두드리자 졸린 듯한 음성이 문틈으로 새어나왔다.

"흐아아암, 누구세요오."

"칼 라샤님, 저 카이입니다."

"헬릭의 대리자?"

안에서 우당탕하는 소리가 들리더니, 이내 문이 열리며 호기심 가득한 표정을 짓고 있는 칼 라샤가 서 있었다.

"이곳엔 어쩐 일이세요?"

"아, 다름이 아니고 칼 라샤의 교단을 부흥시킬 인재를 추천 드리고 싶어서요."

"헉!"

깜짝 놀라는 칼 라샤의 푸른 눈동자가 더없이 반짝거렸다.

그녀는 조그마한 고양이처럼 고개를 끄덕이며 말했다.

"만나볼래요. 어디 있어요?"

"농장을 구경하고 있을 겁니다. 그런데 아직 본인은 마음을 못 정한 것 같아서…… 칼 라샤 님이 확신을 주셔야 할 겁니다."

"그런 거라면 저에게 맡겨주세요. 저 말 잘하니까요."

문 밖으로 뛰쳐나간 칼 라샤는 치맛단을 올리고는 다다다 걸으며 농장 쪽으로 달려갔다.

"내가 할 일은 여기까지인가."

중간에서 다리를 이어주는 일. 거기까지가 자신이 할 수 있는 일이었다. 이후로 전직을 하는지 마는지는 유하린과 칼 라샤가 알아서 협의를 해야 할 부분이겠지.

카이는 잠시 농장 쪽을 바라보다가, 지상으로 떠났다.

카이는 오랜만에 카밀라를 찾아갔다. 그녀는 자탄의 중력 장갑을 만든 이후에도, 리버티아에 거주하며 드워프 장인들과 활발한 정보 교류를 하는 중이었다.

"간만이네."

그녀가 작업 두건을 벗자, 언제나처럼 땀에 젖어 있던 붉은 머리칼이 사방으로 흩날렸다.

"으아, 더워 죽겠다. 왜 왔어?"

"장비 좀 의뢰하고 싶어서."

"나 비싼데…… 하긴, 넌 돈 많지."

낄낄거리며 혼자 질문하고, 대답까지 마친 카밀라가 손을 내밀었다.

"재료부터 줘봐. 아무리 너라고 해도 난 재미없으면 작업 안 할 거야."

카이는 대꾸도 하지 않고 인벤토리에서 할리의 비늘을 꺼내 들었다.

"어?"

단숨에 비늘의 가치를 알아본 카밀라의 눈이 둥그렇게 뜨여졌다.

해츨링이었던 시네라스의 비룡과는 다르게, 이건 성체의 비늘이었으니까.

"다 자란 용의 비늘이잖아? 이건 또 어디서 났데."

"저번에 잠시 마을 비웠을 때 가서 잡았어."

"무슨 잡몹 재료 구해온 것처럼 말하냐. 아무튼 이런 재료라면 언제나 환영이야. 스킬 숙련도 올리기도 좋으니까. 그래서 뭐 만들 건데?"

그 질문에 카이는 할리의 비늘을 몽땅 넘겨주며 의뢰했다.

"경갑 풀 세트가 필요해."

"백룡 세트 만들어준 지 얼마나 됐다고?"

"내가 안 쓰고 내 소환수 입힐 거야. 아! 그리고 엉덩이 쪽에 꼬리 구멍도 내주면 좋겠다."

"잠깐, 소환수에 꼬리 구멍이라면…… 혹시 그 리자드맨한테 입힌다고?"

긍정의 뜻으로 고개를 끄덕이자, 카밀라가 뜨악한 표정으로 혀를 찼다.

"진짜 대박이다. 아마 이런 재료를 소환수 장비에 투자한다는 걸 알면, 사람들이 소환수로 삼아달라고 줄을 설걸?"

그녀의 말은 사실이었다. 지금 당장 미드 온라인의 경매장에서 거래되는 장비들의 수준만 봐도, 만들어진 재료들은 할리의 비늘은커녕 카이가 옛날 옛적에 잡은 자탄, 사룡의 재료만도 못한 것들 투성이었다.

그녀에게 장비에 대한 요구를 마친 카이가 공방을 나왔을 때, 익숙한 알림음이 들렸다.

"……맛 들리셨네."

헬릭에게 문자가 오는 소리였다.

그녀는 폰을 손에 넣은 뒤로는 정말 쉴 새 없이 문자를 보내왔다. 물론 대부분은 일상 생활을 보고하는 이야기들뿐이었다.

예를 들자면.

[헬릭 : 지금 사탕이랑 차를 먹고 있느니라(사진).]

[헬릭 : 끄아앙, 뛰다가 넘어졌는데 무릎이 까졌다.]

[헬릭 : 모해??(?????)?]

이런 식이었다.

보통 답장을 해주지 않으면 알아서 시들시들해질 만도 하건만, 헬릭은 새롭게 손에 넣은 문명의 도구가 무척이나 마음에 든 눈치였다. 덕분에 카이는 그녀가 하루 종일 무엇을 하고 있는지 실시간으로 알 수 있게 되었다.

"그런데 이건 또 무슨 소리야."

그녀가 새롭게 보내온 문자를 읽던 카이의 고개가 모로 기울었다.

[헬릭 : 헉! 카이여 큰ㅇ일낫따 뮬딘교가 나타나넉 같다.]

오타 작렬하는 그녀의 문자에 카이의 눈매가 가늘어졌다.

'뮬딘 교가 나타났다고……?'

그것이 사실이라면 어둠 추적자의 일원인 카이가 좌시할 수 없는 일이었다. 곧장 신출귀몰을 이용해 천상의 정원으로 이동하자, 발만 동동 구르고 있는 헬릭이 보였다.

"헬릭님, 뮬딘 교가 나타났다는 게 무슨 말씀이십니까?"

카이가 주변을 경계하며 묻자, 헬릭이 지상을 가리켰다. 그러자 카이의 눈앞으로 그녀가 바라보고 있는 시야가 공유되었다.

-크하하, 나는 뮬딘 교의 대주교. 대륙을 정복하러 왔다.

……내 이름은 패트릭, 광휘의 성기사. 정의의 이름으로 네 놈을 처치하겠다.

-오오, 태양교의 전설, 광휘의 성기사. 그가 헬릭의 이름으로 정의를 퍼뜨리네.

그것은 몇 세대가 지나도 NPC 아이들에게 큰 인기가 있는, 광휘의 성기사에 관한 동화였다.

헬릭이 보았던 것은 각자의 역할을 맡고 있는 사람들이 연기를 하고, 옆에서는 음유시인이 노래를 부르며 호응을 유도하는 형태의 연극이었다.

'난 또 뭐라고.'

별일이 아니었음을 깨닫게 된 카이가 설명을 시작했다.

"저건 연극이라는 것이에요. 실제로 퓰딘 교가 나타난 것이 아니고, 그 역할을 흉내 내면서 옛날이야기를 들려주는 겁니다."

"그럼 저 까만 가면을 쓴 사람도 나쁜 사람이 아닌 것이냐?"

"물론이죠. 지상에 내려가시면 저런 연극이야 널리고 널……."

말을 잇던 카이가 돌연 입을 꾹 다물었다.

'가만, 그러고 보니 이 세계에 저런 연극이 흔하던가?'

가만히 생각해 보던 카이가 고개를 흔들었다. 음유시인들이 노래를 부르고, 배우들이 연기를 하는 등의 연극은 흔하지 않았으니까.

'분명히 귀족들이 좋아하는 분야이기는 해.'

그들은 자신들을 즐겁게 만들 수 있는 기품 있는 취미 생활을 원한다. 그런 관점에서 볼 때, 연극은 최고의 취미 생활 중 하나였다.

실제로 이번 베오르크의 탄신 파티에서도, 무대에서는 악단이 연주를 했고 소소한 연극을 하는 배우들이 있기는 했다. 물론 현대의 미디어에 노출되어 있던 카이에게는 별다른 감흥이나 재미를 주지 못했다.

'그렇다는 말은……'

수요가 있으나 공급이 없다는 뜻.

동시에 카이의 머리가 빠르게 돌아가기 시작했다.

헬릭에게 바쁜 용무가 생겼다는 말을 남기고 서둘러 떠난 카이는 리버티아에 위치한 자신의 저택으로 돌아갔다.

메이드 요정들의 환영에도 불구하고, 방해받고 싶지 않다는 말을 남긴 그는 집무실에 틀어박혀 번뜩 떠오른 영감이 사라지기 전에 생각을 정리했다.

'우선 영지 컨셉은 괜찮아.'

카이는 새로운 도시의 컨셉을 유흥 쪽으로 잡았다.

'유흥은 유흥이되, 기존에 있던 도시들과는 색다르게.'

과거 블리자드를 납치해 노예로 삼았던 몬스터 투기장이 위치하던 하란도 유흥 도시였다. 하지만 카이가 그리고 있는 도시는 하란과는 그 모습이 아주 많이 달랐다.

'도박성 유흥 도시가 아닌 남녀노소 모두가 즐길 수 있는 문화의 도시. 연극과 영화, 노래와 춤을 즐길 수 있는 흥의 도시. 이게 내가 추구해야 할 방향성이다.'

기존에 없었던 컨셉인 만큼, 신선하면서도 반드시 먹힐 것이라는 확신이 들 정도였다.

"자, 그럼 한번 정리해 볼까."

헬릭의 말을 통해 들었을 때는 연극만 해볼까 생각했지만,

오면서 생각이 바뀌었다.

'이건 플랜만 잘 짜면 NPC와 유저, 두 마리 토끼를 모두 잡을 수 있는 엄청난 기획이야.'

사업가인 아버지와 어머니의 피를 물려받았기 때문인지, 사업을 구상하는 카이의 머리는 어느 때보다도 더 팽팽하게 돌아갔다.

톡톡.

검지로 종이를 가볍게 두드린 카이가 중얼거렸다.

"좋아, 그럼 나누자."

유저와 NPC. 두 마리 토끼를 모두 잡기 위해선 애매한 방식으론 절대 안 되었다.

'처음부터 유저를 노리는 부분과 NPC를 노리는 부분을 확실하게 잡고 들어가야겠어.'

생각이 거기까지 미치자, 그 이후의 일은 일사천리로 진행되었다.

"됐다."

정리를 마친 카이의 입가에는 은은한 미소가 걸려 있었다.

그는 자신의 눈앞에 놓여 있는 두 장의 사업 구상안을 바라보았다.

'우선은 NPC.'

그들은 미드 온라인에서 성행하는, 카이의 눈에는 제법 유치한 연극에도 재미를 느낀다.

'그렇다면 오히려 NPC들을 공략하는 건 쉬워. 연극과 영화를 주요 산업으로 밀면 되니까.'

현대의 유명한 시나리오 작가와 감독들을 대거 고용하여 연극과 영화를 만드는 것. 그것이 카이가 NPC들을 위해 준비한 신도시 사업 중 하나였다.

"문제는 유저들인데……."

유저들은 자신과 마찬가지로 현대 미디어에 크게 영향을 받은 존재들이다. 당연히 게임 안에서 접하는 연극이나 영화가 처음에는 조금 신선하게 느껴질 수 있겠지만, 그 콘텐츠를 지속적으로 구매할 소비자층이 될지는 알 수 없었다.

'그렇기 때문에 유저들은…… 춤과 노래로 사로잡는다.'

괜히 노래가 언어와 세대를 넘나드는 소통법이라 불리는 것이 아니었다. 게다가 카이는 유저들을 위해 자신이 내밀 수 있는 최고의 패를 아낌없이 꺼내 들 생각이었다.

"엘프와 인어. 노래를 잘 부르기로 소문난 두 종족을 위주로 그룹을 만들자."

미드 온라인에서. 그것도 자신의 영지에서만 만날 수 있는 독특한 아이돌 그룹인 것이다.

'남자, 여자 그룹을 하나씩 만들고, 인지도가 쌓이면 순회 콘서트를 열고…… 굿즈도 만들고…….'

불과 몇 시간 만에 만든 구상안치고는 굉장히 짜임새 있는 기획이었다. 하지만 자신이 봤을 때 아무리 좋아 보인다고 해도, 프로들이 봤을 때는 허술한 부분이 있을 수도 있다.

"그건 전문가들에게 물어보면 되겠지."

운 좋게도 카이는 자신이 가장 존경하는 사업가와 친분이 있었다. 그것도 무려 두 명이나.

"흠. 새로운 사업이라?"

"엄마는 사업에 관련된 부분에선 많이 까다로운데."

정우는 오랜만에 방문한 본가에서, 아버지와 어머니를 마주하고 있었다. 두 분이야말로 정우가 가장 존경하는 사업가들이었으니까.

"알고 있습니다. 그래서 찾아온 거고요."

"흐음."

아들의 표정과 말투에서 자신감을 읽어낸 아버지가 고개를 끄덕였다.

"자신감 하나는 마음에 드는구나."

이어서 기획안을 집어 든 두 분은 천천히, 그리고 신중하게 이를 읽어 내렸다.

잠시 후, 종이를 테이블 위에 내려놓은 아버지가 입을 열었다.

"네 머리에서 나온 기획이냐?"

"예."

"제법이구나."

베테랑 사업가인 아버지의 입에서 나온 인정이었다.

그 뒷말을 어머니가 이었다.

"조금 더 디테일 부분은 손을 봐야겠지만, 전체적인 그림은 확실히 마음에 드네. 가능성도 있어 보이고."

정우는 두 분의 도움을 받아 기획안의 세세한 부분까지 완벽하게 정리를 끝냈다.

"완벽하네요. 절대 실패하지 않겠어요."

"방심은 금물이다. 이 세상에 절대로 실패하지 않는 사업이란 없다."

"명심하겠습니다."

끝까지 교훈을 남겨주신 아버지가 커피를 홀짝이며 입을 열었다.

"한 가지 걱정인 점이라면, 엔터테인먼트 사업은 경험이 칠할은 먹고 들어가는 사업이라는 점이다."

"예, 저도 알고 있습니다. 사실 오늘 두 분을 방문한 목적도 그 부분에 대한 도움을 받고 싶어서예요."

정우가 배시시 웃었다.

"두 분 다 브랜드 광고는 많이 찍으셨으니 연예기획사 쪽이

랑도 연줄이 있으실 거 아니에요."

"이놈 봐라? 우리가 피땀 흘려서 일궈놓은 기반을 홀랑 넘겨달라고?"

"어머, 이제 보니 내 아들 도둑놈이네."

두 분 다 어이가 없다는 듯 웃음만 흘렸다.

정우는 오랜만에 부모님에게 애교를 피웠다.

"에이, 가족 좋다는 게 뭐예요. 한 번만 도와주세요, 네?"

"허, 참."

다 큰 아들의 징그러운 애교에 실소를 터뜨린 아버지가 고개를 절레절레 흔들며 물었다.

"한 번 이야기나 들어보자. 대체 뭘 원하는 거냐."

"연예기획사랑 영화감독. 각각 한 곳씩 믿을 만한 곳과 연결시켜 주세요."

"딱히 바라는 조건은 없고?"

어머니, 김현정 여사가 생글생글 웃으며 질문했다. 마치 무언가를 떠보는 듯한 말투에 정우는 고개를 저었다.

"물론 있죠. 그쪽 시장에는 유독 돈과 명예에 영혼을 판 더러운 사람들이 많다고 들었어요. 반면에 저는 제 영지에서 누구의 간섭도 받지 않고 할 수 있으니, 유능하면서도 흙탕물에 발을 담그지 않았던 사람이면 좋겠습니다. 기왕 끌고 갈 거라면, 착한 사람 데리고 가는 게 좋죠."

"호호, 맞아. 그래야 나중에 뒤탈이 없거든. 나 닮아서 정말 똑 부러지는구나."

"무슨 소리야. 원래 아들은 아빠 닮아."

만족스러운 대답을 들었다는 듯, 부모님이 기분 좋게 웃으며 고개를 끄덕였다.

"어디보자……."

명함 지갑에서 무언가를 뒤적거리던 아버지가 낡고 볼품없는 명함을 한 장 꺼내어 건넸다.

"내 대학 동창 중 한 명인데, 조그마한 엔터테인먼트를 하나 굴리고 있다. 네 말처럼 그쪽 바닥이 조금…… 그런 경향이 있지만 거기에 굴복하지 않고 정정당당하게 승부를 하던 녀석이지."

"결과는요?"

"말했잖냐. 그쪽 바닥이 좀 그렇다고. 덕분에 쫄딱 망해서 이번에 회사 넘기고 시골 가서 농사나 짓겠다고 여기저기 알아보고 있는 모양이더라. 실력 하나는 확실해. 깨끗하고."

"한 번 만나보겠습니다."

두 손으로 조심스럽게 명함을 받은 정우는 고개를 돌려 어머니를 쳐다보았다.

"누가 보면 맡겨놓은 줄 알겠어."

아들의 태도에 옅은 한숨을 내쉰 어머니였지만, 결국 자식 이기는 부모는 없는 법.

그녀의 명함 지갑에서도 명함 한 장이 뽑혀 나왔다.

"학생 시절부터 온갖 상이란 상은 다 쓸어 담던 유능한 감독이야. 다만 투자자들이 원하는 방식으로는 죽어도 영화를 안 찍겠다는 고집 때문에 투자자들의 손길이 뚝 끊겼지."

"그야말로 제가 찾던 사람이네요."

"대신 예술 하는 사람이라고 성격이 좀 까다로워. 단적인 예로, 같은 장면이라도 마음에 안 들면 마음에 들 때까지 계속해서 찍고 또 찍는 습관이 있어. 당연히 그게 다 예산에서 마이너스 나거든. 요컨대 돈이 많이 든다는 소리지."

"그런 거라면 괜찮습니다."

정우가 쿨한 목소리로 대꾸했다. 퀄리티의 향상을 위해서라면, 얼마가 되었든 투자할 의사가 있었다.

"제 지갑은 지금 소화 불량에 걸린 상태거든요."

정우의 지갑은 지금도 비명을 지르는 중이었다.

배가 터질 것 같다고, 어서 비워달라고.

왜소한 체형의 남자 하나가 32평의 휑한 사무실로 들어섰다. 관리를 못 했는지, 수염이 덥수룩하게 나 있는 그는 사무실의 전등 스위치를 눌렀다.

틱틱.

하지만 불은 들어오지 않았다.

"음, 전기세도 안 냈었나."

벅벅, 머리를 긁적인 남자는 미련이 듬뿍 담긴 시선으로 사무실을 둘러보았다. 항상 활기에 차 있던 사무실은 조용했고, 온기가 느껴지지 않아 추웠다.

공간이 협소해서 바쁠 때는 직원들끼리 부딪치는 것이 일상 다반사였지만, 지금은 서로의 구역을 정해놓던 파티션만이 덩그러니 남아 있었다.

'그래도 월급은 다들 챙겨줬으니…… 다행인가.'

남자는 걸음을 옮겨 벽에 걸려 있는 글자를 두 눈동자에 담았다.

퓨어 엔터테이먼드(Pure Entertainment).

아내와 자식에게 부끄럽지 않게, 정정당당하게 실력으로만 승부해 보자는 생각으로 연예계에 출사표를 던지면서 지었던 사명이었다. 한때는 그 이름이 자랑스러웠으나, 솔직히 지금은 잘 모르겠다는 심정이었다.

'후회……이려나?'

뮤직 플랫폼에서 요구하는 돈을 주고 차트 상단에 곡을 노출시켜야 했을까. 아니면 드라마 작가의 요구대로 여배우와의 식사 자리를 마련해 줬어야 했을까. 혹은 작곡가의 말처럼 해외 인디 밴드의 곡과 비슷한 카피곡을 만들었어야 했을까.

그랬다면, 지금 자신은 다른 위치에 서 있었을까.

미련이 되어 남아버린 선택의 순간들은 남자의 얼굴 위로 떠올라 연신 그를 괴롭혔다.

"후우."

하지만 이제는 모두 끝났다. 사비를 탈탈 털어 직원들에게 밀린 월급을 모두 나누어줬고, 데리고 있던 배우와 가수들도 알고 지내던 좋은 소속사로 보냈다.

"이제 내가 할 일은…… 정말로 다 했구나."

이제는 지쳤다.

다행히 부모님이 시골에 물려주신 땅이 있으니, 그곳에서 농사나 짓자는 심정이었다.

'뭘 심어야 되나.'

그가 농작물에 대한 고민을 하며 사무실을 떠나려는 찰나. 누군가가 사무실로 들어섰다.

새로운 임대자라고 보기에는 생각보다 너무 젊은…… 아니, 오히려 어려 보이는 청년이었다.

"아! 혹시……."

한눈에 보기에도 고급스러운 정장을 차려입은 청년은 품속에서 낡은 명함 한 장을 꺼내어 읽더니, 자신의 얼굴을 쳐다봤다.

"혹시, 퓨어 엔터테인먼트의 최명훈 대표님 맞으십니까?"

"예? 예…… 그게 접니다만."

밀린 전기세라도 받으러 온 구청 직원인가? 아니, 그러기엔 옷이 너무 고급인데.

최명훈이 고개를 갸웃거리자, 청년은 환하게 웃으며 오른손을 내밀었다.

최명훈은 저도 모르게 그 손을 마주 잡았다. 상대는 자신의 아들 뻘로 보이는 나이였지만, 묘한 카리스마가 흘러나왔다.

청년은 최명훈과 맞잡은 손을 위아래로 흔들며 밝은 목소리로 인사했다.

"반갑습니다, 대표님. 제 이름은 한정우라고 합니다."

정우와 인사를 나눈 최명훈은 그를 따라 사무실 근처의 카페로 향했다.

'긴히 할 이야기가 있다니, 대체 무슨 이야기일까?'

자세한 이야기는 카페에서 나누자고 했으니 가보면 알 것이다.

카페로 향한 정우는 그를 구석의 테이블로 안내했다.

"음?"

자리에 도착한 최명훈의 눈이 살짝 크게 뜨여졌다. 그곳에는 자신과 비슷한 연배의 남자가 앉아 있었기 때문이다.

"아……."

그제야 한정우를 슬쩍 쳐다본 최명훈이 알 것 같다는 표정을 지었다.

'하긴, 이렇게 젊은 청년이 나에게 할 이야기가 있을 리 없지.'

정우가 심부름꾼이라고 생각한 최명훈은 눈앞의 남자에게 인사했다.

"안녕하십니까, 최명훈입니다."

"아, 네. 제 이름은 박상수라고 합니다."

"……?"

그런데 뭔가 좀 이상하다. 인사를 나눈 두 사람이 동시에 그 것을 느꼈다.

'이 사람은 딱히 사업가처럼 느껴지지 않는데?'

'뭐지. 투자자라면 이보다 훨씬 더 고압적인 자세로 나와야 할 텐데.'

서로를 쳐다보며 멀뚱멀뚱 눈만 깜빡이던 두 사람을 일깨운 것은 정우였다.

"자, 두 분 다 앉으시죠. 긴히 드릴 말씀이 있으니까요. 우선 음료부터 시킬까요."

세 사람의 음료수를 시킨 정우는 자리에 앉으면서 서로를 소개시켰다.

"우선 이분은 퓨어 엔터테인먼트의 최명훈 대표님, 그리고 이분은 박상수 영화감독님이십니다."

정우의 소개에 두 사람은 서로를 깜짝 놀란 표정으로 쳐다 봤다.

"퓨어라면…… 트윈걸즈의 소속사 아닙니까?"

"이제는 다 지난 일이지만 맞습니다. 그나저나 박상수 감독님이라면 '해가 떨어지는 곳'을 찍으신 분 아닙니까?"

그들은 정우에게 이끌려 이 자리에 오게 되었다는 동질감 때문인지, 반갑게 악수를 나누었다.

정우는 두 사람이 인사를 나누고 자신을 쳐다보자 입을 열었다.

"오늘 두 분을 모신 이유는 말씀드린 대로 사업 제안을 하고 싶어서입니다."

"그전에, 우선 날 어떻게 알고 있는지가 궁금하군."

박상수 감독이 살짝 날 선 목소리로 캐물었다.

"제 어머니에게 들었습니다. 김현정 대표님이라고, 기억하십니까?"

"김현정 대표님이라면…… 아아!"

박상수 감독이 기억났다는 듯 연신 고개를 끄덕였다.

"내가 영화를 찍을 때 아웃 도어를 지원해 줬던 의류 브랜드의 사장님이셨지. 그분이 어머니인가?"

"예. 맞습니다. 그리고 최명훈 대표님에 대해서는 아버지에게 들었습니다."

"그랬군. 태호의 아들이었어."

김현정이 자신의 친구인 한태호의 아내라는 것을 알고 있던 최명훈이 고개를 끄덕였다.

"예, 부모님에게 두 분을 소개받았습니다. 개인적으로 제안 드릴 것이 있어서요."

"제안?"

박상수 감독이 피식 웃음을 터뜨렸다. 이런 경우를 숱하게 겪어본 그였던지라 이 자리가 마냥 편하지는 않았다.

'이 녀석도 그런 부류인가? 부모님의 돈으로 감투를 쓰고 싶어하는 투자자.'

개중에는 그런 녀석들이 있다. 부모님의 도움으로 회사를 차리고는 자신을 찾아와 감놔라 대추놔라 하는 녀석들.

당연한 말이지만, 그런 녀석들은 찢어버린 계약서와 함께 쫓아냈었다.

"예. 두 분을 고용하고 싶습니다."

정우의 직설적인 요구에 박상수가 불편한 기색을 드러냈다.

"……역시나였군. 난 또 뭘 기대하고 이런 자리에 나온 건지."

그가 자리에서 일어나려고 하자, 정우가 한 마디로 그를 멈춰 세웠다.

"도망치시는 겁니까?"

"……뭐?"

박상수 감독이 날카로운 눈매로 정우를 노려봤다.

"이 자리는 두 분을 고용하고 싶은 제가 제안을 드리는 자리입니다. 그런데 아무런 조건을 들어보지도 않고, 그냥 도망치시는 겁니까? 언제나와 같이 제가 부모님의 힘만 믿고 까부는 투자자라고 생각해서?"

"틀린 말은 아닐 것 같다만."

사실 일반적으로 생각했을 때는 박상수의 의견이 옳았다. 이제 겨우 23살 된 청년이 누구나 다 알고 있는 값비싼 명품 브랜드의 옷을 입고, 업계의 실력자들에게 고용을 운운하고 있었으니까.

그때였다.

"저 사람…… 맞지?"

"어머, 맞는 것 같은데."

"실물이 조금 나은 것 같기도 하고?"

"말 걸어볼래?"

카페의 손님들이 그들을 보면서 수근대자, 박상수 감독이 헛기침을 뱉어내며 자리에 앉았다.

"크흠. 얼굴 몇 번 팔렸다고 알아보는 사람들이 있군."

"그러게요."

스윽, 박상수와 최명훈이 손바닥으로 자신들의 얼굴을 가렸다.

두 사람 모두 TV에 얼굴 몇 번씩은 비쳐본 이들이었으니 당연히 자신을 알아본 것이라 생각한 탓이었다.

"미안하다. 아무래도 알아보는 사람들이 있는 것 같으니 자리를 좀 옮겨야 될 것 같은데."

최명훈이 낮게 속삭이자, 한정우가 고개를 끄덕였다.

"좋습니다. 설명을 다 못 드리기는 했지만, 어쩔 수 없죠. 바로 다음 장소로 이동하시죠."

"다음 장소?"

정우가 고개를 갸웃거리는 두 사람을 이끌고 향한 곳은 캡슐 방이었다. 가상현실게임을 플레이할 수 있는 장소로, 현대에는 PC방이 대부분 문을 닫은 대신 캡슐 방이 그 위치를 이어받고 있었다.

딸랑.

문이 열리자 알바생이 방긋방긋 웃으며 인사했다.

"어서오세…… 꺄악!"

문을 들어서는 손님을 목격한 알바생이 두 손으로 제 입을 막으며 경악한 표정을 지었다.

"마, 맞죠? 그쪽…… 맞으시죠?"

알바생이 소란을 일으키자, 화장실을 가거나 먹거리를 구입하기 위해 주변을 돌아다니던 손님들이 시선 또한 그들에게 몰렸다.

"뭐야? 무슨 일이야?"

"글쎄, 갑자기 소리를…… 헉! 언노운이다!"

"이런 미친……."

"야, 여기 이 온 캡슐방인데 미쳤어. 언노운, 카이 떴다고!"

순식간에 캡슐방이 시끄러워지기 시작했다.

"이게 대체 무슨……."

"언노운? 카이? 그게 뭐길래?"

박상수와 최명훈은 사람들의 반응에 멀뚱거리며 정우를 쳐다봤다.

"사인 해주세요!"

"사진, 사진 한 번만 찍어주세요, 오빠!"

언노운의 팬을 자처하는 손님들이 길을 막아서자, 정우가 난처한 표정을 지었다.

"으음."

물론 게임에서야 자신이 도시에 떴다 하면 이보다 더한 인파가 몰아친다. 하지만 설마하니 현실에서까지 자신을 알아보는 사람들이 있을 줄이야.

'이건 내가 잘못 생각했네. 캡슐 방이니 당연히 게임하는 사람들이 대다수겠지, 했는데.'

이러지도 저러지도 못하던 정우가 다가오는 인파를 바라보며 땀을 흘리는 순간.

딸랑.

캡슐 방에 검은 양복을 갖춰 입은 사내들이 들어섰다. 그들은 척척, 절도있는 자세로 정우의 주변을 에워싸며 보호하기 시작했다.

"정우 님, 저희가 모시겠습니다."

"자자, 모두 일정 거리를 유지해 주십시오."

당황한 정우가 물었다.

"누구세요?"

"인사가 늦었습니다. 천화 그룹의 김현태 실장입니다. 편하게 김 실장이라고 불러주십시오."

"천화 그룹?"

그러고 보니 그런 계약을 맺은 적이 있었다.

'내가 겪을 모든 귀찮음을 그룹 차원에서 커트해 준다고 했었지.'

설마 자신도 모르는 사이에 이런 보디가드들이 주변을 도사리고 있었을 줄이야.

상황을 파악한 정우가 천천히 고개를 끄덕였다.

"알겠습니다. 저분들 다치게 하지는 말아주세요. 나중에 나오면서 시간 되면 사인 정도는 해드릴 수 있으니까요."

"역시 마음씨도 넓으십니다."

김 실장의 아부를 뒤로한 정우는 최명훈, 박상수를 이끌고 패밀리 룸으로 들어섰다. 패밀리 룸은 말 그대로 캡슐 방을 방문한 가족을 위한 방이었는데, 그들이 배정받은 방에는 세 개의 캡슐이 나란히 놓여 있었다.

"정우라고 했지, 너…… 대체 뭐냐?"

최명훈 대표가 복잡한 눈빛으로 정우를 쳐다보며 물었다.

그도 나름 잘나간다는 연예인들을 이끌고 있었지만, 이렇게까지 폭발적인 인기를 자랑하는 사람은 본 적도 없었다.

그런데 일반인이 이 정도의 인기를 누린다?

심지어 개인 경호원까지 달고 다닐 정도라니?

"아까 카페에서 말씀드리려고 했는데, 두 분이 저에게 거부감을 느끼시는 것 같아서 먼저 보여 드리려고 합니다."

"보여주다니, 무엇을 말이지?"

박상수의 질문에 정우는 헤드기어를 쓰며 대꾸했다.

"궁금하지 않으세요? 제가 어떤 놈인지요. 정말로 금수저를 물고 태어난 녀석이라고 생각되신다면 지금 당장에라도 떠나시면 됩니다. 그리 추천드리는 방법은 아니지만요."

"……궁금하다면?"

"그럼 들어오시죠."

툭툭, 헤드기어를 쓴 정우가 캡슐을 두드렸다.

"미라클 드림 온라인, 들어는 보셨죠?"

"알다마다. 우리 소속사 연예인들도 거기에 빠져서 스케줄 펑크 냈던 거 생각하면……."

"끄응, 그것 때문에 촬영 스케줄이 꼬인 적도 한두 번이 아니었지."

두 사람 모두 미드 온라인에 그리 좋지 않은 감정들을 지니고 있는 것 같았다.

"우선 들어와서 캐릭터부터 만드세요. 그리고 시작 도시는 하베로스로 설정해 주시구요."

"하베로스…… 하베로스."

"……일단 여기까지 왔으니, 속는 셈치고 들어가 보지."

"이게…… 정말 게임이라고?"

"허, 영상과 실제는…… 차이가 크군."

게임에 들어선 최명훈과 박상수의 벌려진 입은 다물어질 줄을 몰랐다. 그도 그럴 것이, 나잇대가 제법 있는 두 사람은 요즘 유행한다는 가상현실게임을 접해볼 기회가 없었기 때문이다.

'물론, 방송이나 인터넷을 통해서 보기는 했지만……'

이렇게 현실감이 넘칠 줄이야.

"대단하군요."

"그러게 말입니다. 영화 산업의 파이가 줄어드는 데에는 다 이유가 있었군요."

감탄만 뱉어내던 두 사람은 그제야 주변을 둘러보았다.

두 사람은 현재 하베로스, 한정우가 시작 도시로 설정하라던 장소에 도착한 상태였다.

"흠. 게임에 대해서는 잘 모르지만, 영상 같은 데서 보던 도시는 삐까번쩍 하던데."

"여기는 황무지나 다름없군요."

하베로스는 예전에 개발을 하기 전의 아르칸보다 훨씬 더 낙후된 영지였다.

물론 장점은 있었다. 바로 영지의 크기가 넓다는 것. 그것도 보통 넓은 게 아니라, 아르칸 영지의 두 배는 족히 될 정도로 넓었다.

"두 분 도착하셨네요."

두 사람은 뒤에서 음성이 들리자 고개를 돌렸다. 그곳에서는 한 사람이 그들을 향해 걸어오고 있었다. 옆구리에 백룡 투구를 낀 채, 찬란한 백색 갑옷을 입고 붉은 망토를 펄럭이고 있는 카이였다.

"오, 오오……."

"멋있군."

그들은 시선을 내려 자신들의 허름한 옷을 한 번 보더니, 카이의 장비를 쳐다보았다.

비교를 불허할 정도의 장비의 퀄리티.

"자네는 이 게임의…… 그 소위 말하는 랭커라는 건가?"

"랭커!"

최명훈이 묻자, 박상수가 그 말을 받았다.

"그래. 분명히 랭커라는 존재들에 대해서는 나도 들어본 적 있지."

"예, 랭커 맞습니다."

두 사람이 새삼 귀엽게 느껴진 카이가 부드러운 미소를 지으며 조언했다.

"궁금하시다면 시스템 메뉴 열어서, 랭킹표 한 번 눌러보실래요?"

"어…… 이렇게 인가?"

"여기 있다, 찾았어!"

처음 해보는 게임의 재미에 푹 빠진 두 사람은 랭킹표 하나를 찾고는 시시덕거리며 웃었다. 그러기를 잠시, 박상수가 자신들의 눈앞에 떠오른 랭킹표를 보며 입을 열었다.

"자네의 아이디? 닉네임은 뭔가? 참고로 난 스필벅스라네. 존경하는 영화감독의 이름에서 따왔지."

"내 아이디는 퓨어사장이야."

두 사람의 개성 넘치는 아이디를 귀에 담은 카이가 입을 열었다.

"카이, 제 아이디는 카이입니다."

"카이…… 엇!"

랭킹표를 뒤지려던 두 사람이 탄성을 터뜨렸다. 그야 카이라는 닉네임은 스크롤을 내릴 것도 없이, 가장 위쪽에 박혀 있었으니까.

"랭킹…… 1위?"

"자네가 말인가?"

경악하는 두 사람을 상대로 카이는 고개를 끄덕였다.

"다시 한번 소개드리죠. 랭킹 1위, 카이 백작입니다."

물론 그의 자기 소개는 거기서 끝나질 않았다.

"그와 더불어서, 저의 영지에 오신 것을 환영합니다."

카이는 기품 있는 동작으로 가볍게 인사했다.

✦ 98장 ✦
문화의 도시

"그러니까…… 새로운 영지를 문화 도시로 키우고 싶다?"

"우리를 고용하는 건 영지에서 상영할 영화와 연극을 찍고, 배우와 가수를 키우기 위함이고?"

이해를 잘한 듯한 두 사람의 질문에 카이가 고개를 끄덕였다.

"맞습니다. 앞으로 하베로스는 영화, 연극, 춤, 노래를 접할 수 있는 유일한 문화 도시가 될 예정입니다."

"하지만 이만한 땅덩어리들을 개발하려면 시간과 자금이 어마어마하게 들어갈 텐데……."

박상수 감독, 아니, 스필벅스가 염려스러운 표정으로 휑한 영지를 바라봤다.

"아무리 현실 같다고는 하지만 이건 게임입니다. 공사 기간이 몇 년 단위로 걸리지는 않아요. 게다가 제 휘하에는 드워프들이 있습니다."

"드워프? 그게 뭔가?"

"음. 그 어떤 목수들보다 실력이 더 뛰어나고 손도 빠른 이들이라고 생각하시면 됩니다."

"오오, 그렇다면 이 영지의 시설이 완공되는 기간은 어느 정도로 예상 중이지?"

"현실 시간 이 주, 그러니까 게임 시간으로는 한 달 반입니다."

"빠르구만!"

두 중년인은 눈을 반짝이며 이 재미있는 놀이에 지대한 관심을 드러냈다. 물론 단순히 재미있다고 해서 마음껏 즐길 수 있는 놀이는 아니었다.

"그럼 이제 증명만 하시면 되겠습니다."

"응? 증명이라니?"

"그게 무슨 소리인가?"

고개를 갸웃거리는 두 사람에게, 카이는 무슨 말을 하냐는 표정으로 물었다.

"제가 여러분에게 저 자신을 증명했듯, 여러분도 스스로의 능력을 저에게 증명하셔야 되지 않겠습니까."

"그러니까……."

"우리를 시험하겠다?"

재미있는 놀이를 즐기기 위해선, 그만한 능력을 증명할 필요가 있었으니까.

카이의 말에 살짝 자존심에 금이 간 두 사람이었지만, 딱히 화를 내지는 않았다.

'하긴, 객관적으로 보면 나는 실패한 사업가지.'

'……투자자들이 뚝 끊긴 후로 메가폰을 잡아본 게 얼마나 되었더라.'

카이의 요구는 당연한 것이었다. 게다가 두 사람도 아마추어가 아닌 프로. 오히려 자신들이 실력을 증명해야 하는 것을 당연하게 받아들였다.

"좋아. 내가 뭘 찍으면 되지? 멜로? 액션? 아니면 호러? 아니, 연극이려나?"

다양한 장르에서 두각을 드러내었던 스필벅스가 자신감을 드러냈다. 카이는 미리 준비해 두었던 시나리오를 그에게 건넸다.

"예, 우선 연극입니다. 그리고 장르는…… 당연히 유저와 NPC, 둘 모두를 사로잡을 수 있는 이야기를 해야겠죠."

"이게 뭔가?"

대본이 첨부된 시나리오를 받아든 스필벅스가 멀뚱멀뚱 눈만 깜빡였다.

가장 앞 장에 기재되어 있는 제목은 간단했다.

[소피아와 줄리오]

시나리오를 읽고 있던 스필벅스가 탄성을 터뜨렸다.

"이건…… 로미오와 줄리오의 각색 버전인가?"

"예. 미드 온라인 대륙에서 서로를 못 잡아먹는 두 제국. 오곤과 칼데란 제국의 황녀와 황자가 서로 사랑에 빠지는 정통 로맨스입니다. 당연히 귀족들도 좋아할 테고, 현대인들이 받아들이기에도 정서상 문제가 없겠죠."

"호오, 확실히 시나리오는 탄탄해. 감독의 실력을 알아보기엔 정석적인 대본이군."

"저는 시나리오 작가가 아니기 때문에 기본적인 줄거리만 잡아놨을 뿐, 세세한 건 감독님이 해주셔야 합니다."

"물론이지. 그런데……."

스필벅스가 살짝 주저하는 눈치로 무겁게 입을 열었다.

"영화는 물론이고 연극이라는 것도 혼자서 찍을 수 있는 게 아니야. 시나리오 작가, 조명 감독, 녹음 감독은 물론이고 사운드 디자이너와……."

"잠시만요."

카이는 한참이나 길어질 듯한 스필벅스의 말을 단호하게 잘랐다.

"전 제가 고용한 사람의 일에 세세한 터치를 하지 않는 편입니다. 메가폰을 잡는 것은 감독님이니까 필요한 인력이 있다면 편하신 대로 고용하세요."

"그, 그렇다면 그 돈은……."

"물론 제 주머니가 나갈 것입니다."

카이의 믿음직스러운 발언에 스필벅스 감독은 감동을 받은 표정을 짓더니, 이내 카이의 손을 꼬옥 쥐었다.

"맡겨주게. 잘하겠네! 최고의 로맨스 연극을 만들어 보이겠어!"

"기대하겠습니다."

이렇게 통이 크고 마음이 넓은 투자자를 찾는 건 하늘의 별을 따는 것보다 어려운 일. 스필벅스 감독은 오늘이 사람의 인생에 세 번 온다는 기회 중 한 번임을 알아차렸다.

열정이 이글거리는 그의 눈동자를 뒤로한 카이가 퓨어사장에게 다가갔다.

"대표님도 일을 하셔야죠."

"으음…… 물론이지. 하지만 난 엔터테인먼트의 대표일 뿐이야. 물론 신인을 캐스팅을 하는 건 자신이 있지만, 연기를 가르치고 노래를 가르치는 건 조금……."

"퓨어 엔터테인먼트의 전 직원들을 데리고 오면 되는 거 아닙니까?"

"그, 그래도 되나? 하지만 그들의 월급은……."

"물론 저에게 청구하세요. 단, 한 달 반 후 대표님의 작업물을 봤을 때 시원찮으면 그때는 모든 지원을 끊겠습니다."

"그건 당연한 소리지! 나도 능력도 없이 손만 벌릴 생각은 없다."

자신이 부족했던 탓에 졸지에 실업자들이 되어버린 직원들에게 미안한 감정을 품고 있던 퓨어사장의 안색이 환해졌다.

"두 분 모두 기한은 현실 시간으로 이주, 게임 시간으로는 한 달 반입니다. 그동안 완성 작품을 만들라는 소리는 아니에요. 제가 계속 지원을 해드려도 되겠다는 판단이 설 정도의 성과를 만들어주십시오."

"긴말 하지 않겠네. 프로는 결과물로 말하는 법이니까."

"나와 내 직원들이 합을 맞춘 게 벌써 십수 년이네. 증명해 보이겠어."

자신감에 차있는 두 중년은 잠시 양해를 구하고는, 전화기 어플을 사용하기 시작했다.

"어, 기철이냐. 그래, 그동안 잘 지냈고? 요즘 일감은 좀 있냐? 다른 게 아니라 내가 이번에……."

"최 부장! 한가한가? 무슨 신호가 두 번 가기도 전에 전화를 받고 그래. 새 직장은 구했나? 아, 못 구했어? 그러면 말이지……."

신이 나서 연락을 돌리는 두 사람을 지켜보던 카이는 이를 가만히 기다려 주었다.

'일이 잘만 풀리면 황금알을 낳는 거위가 되실 분들인데 대우가 소홀해서는 안 되지.'

아버지와 어머니가 말씀하시기를 사업이란 사람을 상대하는 일, 우선 자신의 사람을 소중히 대하는 것부터 시작한다고 하였다.

마침내 두 사람의 전화가 끝났을 때, 카이는 손을 내밀며 입을 열었다.

"그럼 이제 가보실까요?"

"응? 또 어딜 가나?"

"이 영지의 간판 배우와 가수가 될지도 모를 인재들을 만나러 가셔야죠."

카이가 진한 미소를 지었다.

"와……."

"와……."

스필벅스와 퓨어사장, 두 사람이 동시에 탄성을 터뜨렸다.

그들의 반응을 지켜보던 카이가 미소를 지으며 말했다.

"엘프와 인어들은 노래를 아주 잘합니다. 그리고 다들 잘생기고, 예쁘죠."

현재 리버티아에 위치한 그들의 눈앞에는 약 스무 명의 엘프와 인어들이 있었다.

나이대도 다양했다. 어린 아이부터, 제법 중후한 느낌이 나는 중년인들까지.

그들 모두가 연기나 노래에 관심이 있는 자들이었다.

"이, 이건…… 이건 반칙 아닌가?"

"완벽한 마스크다……. 기본적인 연기력이 갖추어도…… 대박이군."

두 사람은 황홀한 표정을 지으며 그들을 쳐다봤다.

잠시 후, 퓨어사장이 입을 열었다.

"아까도 들었지만 한 번 더 확인하지. 자네는 아이돌 그룹을 만들고 싶은 건가?"

"우선은요. 남자 그룹과 여자 그룹을 각기 하나씩 만들고 싶습니다."

"그렇군. 간단하게 오디션을 봐도 되겠지?"

"그러라고 만든 자리입니다."

카이는 엘프와 인어들을 각기 연기와 노래, 춤 쪽을 원하는 이들로 나누었다.

퓨어사장과 스필벅스는 진지한 자세로 그들에게 질문도 하고, 간단한 노래나 연기를 시키는 등 전문가다운 포스를 줄줄 뿜어냈다. 무려 8시간에 걸쳐 진행된 오디션이 끝났을 때, 최종적으로 웃는 이는 몇 없었다.

"흠. 확실히 마스크는 압도적이지만, 아이돌이란 기본적으로 끼를 타고나야 해."

"그렇지요."

"그래서 우선 이 네 명을 시작으로 걸그룹을 만들어보고 싶네. 이들이 성과를 보이면 그때는 보이그룹을 만들겠어."

"그렇게 하세요. 다행히 본인들은 좋아하네요."

인어 두 명, 엘프 두 명으로 이루어진 걸그룹이 결성된 순간이었다. 반면에 스필벅스는 남자와 여자, 각기 한 명씩의 배우만을 뽑았다.

그 이유를 묻자 그는 당연하다는 목소리로 말했다.

"물론 배우가 잘생기고 예쁜 건 중요하지. 하지만 주연, 조연 가릴 것 없이 모두 잘나 버리면 오히려 관객의 집중도가 떨어질 수밖에 없어. 이 두 사람은 오디션 참가자 중에서도 연기력이 매우 우수한 이들이지. 아마 어떤 연극이나 영화를 찍든 주연의 자리에서 힘을 발휘해 줄 거야."

"아, 그것도 그러네요?"

단순히 모든 배우가 예쁘고 잘생기면 되겠지, 라는 카이의 안일한 생각을 일깨워 주는 말이었다.

"바빠지겠군. 우선 작곡가부터 섭외해서 발랄한 걸그룹의 노래를 만들어야겠어. 그리고 이 네 사람은 합숙 생활을 시켜야 할 텐데, 마땅한 장소가……."

"영지에 남는 집이 있으니 우선 그걸 쓰세요."

"고맙네!"

작정하고 두 사람을 밀어주는 카이의 기세는 무서웠다. 그리고 그런 든든한 투자자를 뒤에 두고 있는 두 중년인도 이번 일에 사활을 걸기 시작했다.

※

시간은 빛살처럼 빠르게 흘러갔다. 그 시간 동안 카이는 딱히 사냥을 나서지 않았고, 블리자드와 미믹을 성장시키며 휴식했다.

"방금은 좋았어. 그런데 여전히 본능적으로 움직이네. 나 같은 모험가와 싸울 때를 대비해서 수 싸움에 조금 더 능해져야 해."

"명심하겠습니다, 마스터."

겸손하게 대답하는 블리자드의 전신을 멋들어진 푸른색 방어구가 뒤덮고 있었다. 카밀라가 완성시킨 해룡 세트였다.

고고하고 기품 있는 백룡 세트와는 다르게, 해룡 세트는 난폭하고 정열적인 용을 형상화하여 만든 장비였다. 덕분에 이를 장비한 블리자드의 외형은 매우 강력해 보였고, 덩치도 조금 더 커 보였다.

'물론 생긴 것만 세 보이는 게 아니야. 실제로도 강하지.'

레벨이 360에 다다른 블리자드는 최상위 랭커와 비견될 만한 수준이었다.

'비교하는 건 미안하지만, 확실히 미믹의 레벨이 많이 밀리기는 해.'

상대적으로 레벨이 낮은 미믹의 경우에는 이제 겨우 295레벨을 달성했다.

하지만 미믹은 성장 과정에서 카이와 여기저기를 돌아다니며 수많은 몬스터들을 흉내 내었다. 지금에 와서는 미믹을 일종의 전략 병기라고 칭해도 될 수준이었다.

카이가 어떻게 활용하느냐에 따라 블리자드보다도 뛰어난 활약을 선보일 수도 있었으니까.

"전투 복기하면서 휴식해."

"예, 마스터."

블리자드와 대련을 끝낸 카이가 물을 마시며 휴식을 취하자, 알림이 울렸다.

[헬릭 : 기다리고 있다. 옆에 칼 라샤도 있느니라. 기대되느니라. 솜사탕도 먹을 거다.]

"엄청 신나셨네."

오늘은 드디어 완성된 문화의 도시가 세상에 공개되는 날이었다. 이 도시가 만들어지는 과정을 처음부터 끝까지 지켜본 카이의 기분은 남다를 수밖에 없었다.

"······아예 영지를 새로 만든 거나 마찬가지지."

기존에 살고 있던 몇 안 되는 주민들은 가까운 로잔 영지로 보낸 뒤 정착금을 내주었다.

그 뒤로, 카이는 하베로스의 성벽을 제외한 모든 것을 싹 밀어버리고 새로 지었다. 아니, 성벽조차 새롭게 보수를 해서 반짝반짝 윤이 날 정도였다.

거기다가 기존의 칙칙하던 회색 성벽을, 세련되고 고급스러운 밝은 베이지색으로 바꾸었다.

"지금쯤 엄청 기대하고 계실 테니, 슬슬 움직여 볼까."

하베로스의 놀라운 변화를 목도하기에 앞서, 귀여운 소녀들을 에스코트하러 가야 했다.

방문한 천상의 정원에는 꽃단장을 마친 두 소녀가 카이를 기다리고 있었다.

"카이여!"

꾸벅.

헬릭은 카이를 발견하자마자 밝은 미소를 지으며 도도도 달려왔고, 칼 라샤는 은은하게 입꼬리를 올리며 꾸벅 고개를 숙였다. 예의도 바르지.

'신이니까 이렇게 조심스럽게 대할 필요는 없는데 말이야.'

카이는 고개를 돌려 헬릭이 입고 있는 붉은색 드레스를 쳐다보았다. 미드 온라인에 진출한 부모님의 의류 브랜드, 위즈덤에서 만든 초고퀄리티 드레스였다.

물론 가족 협찬을 받았으니 가격은 공짜.

카이는 물개 박수를 치며 그녀를 칭찬했다.

"와, 이 화려한 옷을 완벽하게 소화하시네. 우리 헬릭 님 오늘 진짜 예쁘다."

"정말이느냐? 정말로 진짜진짜 이쁜 것이냐?"

"물론이죠."

"헤헤."

칭찬에 약한 헬릭은 머리 위의 광채를 반짝거리며 기분이 좋다는 것을 표현했다.

"칼 라샤 님도 아름다우시네요."

"감사한 것이에요."

그녀는 한쪽 손으로 푸른색 드레스의 밑단을 우아하게 들어 올리며 인사했다.

"아, 그런데 하린 씨는 같이 안 갑니까? 요즘 연락이 안 되던데."

같이 봉사 활동을 가기로 한 화요일에도 연락이 없어서 혼자 다녀온 것이 2주째였다.

"하린 님은 시련을 받고 있어요."

"시련?"

고개를 갸웃거리자, 칼 라샤도 애매하다는 표정을 지었다.

"받을 필요가 없다고 했는데, 본인이 정정당당하게 가고 싶다고……."

"아하."

정말이지 너무나 정직한 여자다. 자신이 건네준 인도자 반지가 있으면 그런 과정은 모두 스킵하고 전직을 할 수 있을 텐데.

"그럼 그녀가 칼 라샤 님의 사도가 되는 데에는 시간이 조금 걸리겠네요."

"네. 그래도 워낙 유능한 분인지라 잘해주고 계시답니다. 다시 한번 감사드려요."

"뭘요. 그나저나 두 분 다 준비되신 거면 바로 출발할까요? 약속 시간에 좀 늦은 것 같은데."

"우리는 그대만 목이 빠져라 기다리고 있었느니라."

"그렇게 많이 기다리지는 않았어요."

말을 마친 칼 라샤가 헬릭을 쳐다보며 푸훗, 웃음을 터뜨렸다.

"물론 헬릭은 카이 님이 보고 싶다고 계속 칭얼거리기는 했지만요."

"내, 내가 언제 그랬느냐! 이건 모함인 것이다."

헬릭은 당황한 표정으로 고개를 흔들었고, 칼 라샤는 그런 헬릭을 보며 웃음을 참았다.

"오케이. 믿어드릴게요. 그럼 바로 출발하죠. 아, 그리고 미리 말씀드렸지만 두 분의 정체는?"

"난 헬리자베스. 그대의 먼 친척 동생이니라."

"전 라샤. 헬리자베스의 소꿉 친구인 것이에요."

"아주 훌륭합니다."

그녀들의 자기 소개에 만족스러운 미소를 지은 카이가 손을 내밀었다. 헬릭과 라샤가 그 손을 잡은 순간, 그들은 시끌벅적한 도시의 뒷골목으로 이동해 있었다.

"와아, 이 그림들은 다 무엇이냐?"

"너무 예뻐요."

그들이 위치해 있는 뒷골목은 일반적인 도시의 더러운 뒷골목과는 차원이 달랐다. 골목마다 위치한 새하얀 벽을 도화지 삼아 그려진 수많은 그래피티는 이 도시가 문화를 상징하는 자유로운 장소임을 다시 한번 일깨워 줬다.

형형색색의 아름답고, 자유로운 그림들을 보고 있던 헬릭이 카이의 소매를 흔들며 재촉했다.

"나도 이곳에 그림을 그려보고 싶구나. 하지만 지금은 다른 곳부터 구경하자꾸나."

그녀보다 성숙한 라샤도 카이를 올려다보며 빨리 다른 곳도 구경시켜 달라는 눈빛을 보냈다.

"알겠어요. 그럼 이동하죠."

그럴 리는 없겠지만, 카이는 혹시라도 그녀들을 놓칠까 봐 신성 사슬을 소환해 그녀들의 배를 한 바퀴 묶고, 그 사슬을 자신의 배에도 둘렀다.

그야말로 완벽한 미아 방지법!

물론 헬릭은 찜찜한 표정으로 투정을 부렸다.

"이것이 무엇이냐?"

"혹시라도 길 잃어버리실까 봐요."

"완전 우스꽝스러운 모습이 아니더냐. 그대는 내가 어린 아이인 줄 아느냐?"

툴툴거리는 헬릭을 달래는 방법은 간단했다.

"자자, 여기가 광장입니다. 헬릭 님."

골목길을 나서자 깨끗하고 거대한 광장이 나타났다. 그곳에는 이미 소문을 듣고 찾아온 인파가 한 가득이었다.

"초상화 그려 드립니다! 그림 그리기 스킬은 중급 5레벨이에요, 5분 만에 그려 드려요! 5실버 받습니다."

"장비에 이름 새겨 드립니다! 자신만의 장비를 가지고 싶으신 분 오세요! 20실버입니다!"

"230레벨의 바드가 노래로 버프를 걸어드려요! 50실버 모일 때마다 노래 한 곡 갑니다!"

그야말로 축제 분위기나 다름없는 도시의 풍경. 활기와 생기가 가득 차있는 광장에서는 에너지가 듬뿍듬뿍 쏟아져 나왔다.

헬릭과 라샤가 그 모습을 보며 눈을 반짝였다.

"우, 우아앙, 이곳이 그대가 만든 문화의 도시인 것이냐?"

"제가 미리 알아봤어요. 여기가 하베로스라는 곳이지요?"

"예."

카이는 신성 사슬에 대한 것을 잊은 채 잔뜩 신난 두 사람을 데리고 약속 장소로 이동했다.

"우선 콘서트부터 보러 가지요. 저희만 기다리고 있을 거예요."

"카이여. 나아 솜사탕 먹고 싶으니라. 그것이 먹고 싶어서 일주일이나 기다린 것이야."

"알겠어요. 그거 콘서트장에도 팔아요."

"빨리 가자꾸나."

그녀들을 데리고 도착한 장소는 거대한 돔이었다. 무려 2만 명 이상의 관객을 동원할 수 있는 초대형 콘서트장!

그럼에도 불구하고 이미 좌석들에는 모두 사람들이 앉아 있었다.

"와아. 사람이 이렇게 많은 건 처음 보느니라."

"저도요."

"그야……."

말이 좋아서 신이지, 미드 온라인의 신들은 절대 다수가 자신의 섬에 틀어박혀 있다.

'가끔 보면 신인지, 은둔형 외톨이인지 구분이 안 될 때도 있지.'

그런 신들 중에서도 아싸 of 아싸가 두 명 존재하는데, 한 명이 헬릭이요. 다른 한 명이 칼 라샤였다.

"아으…… 카이여. 숨이 잘 안 쉬어지는 느낌이니라."

"저도요. 사람이 너무 많아서 어지러운 것이에요."

두 명의 은둔형 외톨이 소녀들은 어마어마한 인파를 마주하자 질린 표정을 지으며 카이의 뒤에 숨었다.

"그럼 무대 뒤편으로 가요. 거긴 관계자만 들어갈 수 있으니 사람이 별로 없을 거예요."

가는 길에 솜사탕을 사서 하나씩 들려주자, 언제 기분이 나빠졌냐는 듯 헤실헤실 웃는다.

"오, 영주님 오셨습니까?"

"안 그래도 무대 체크하고 있었습니다."

무대 뒤편에서 그들을 기다리고 있던 스필벅스와 퓨어사장이 깍듯하게 고개를 숙였다.

그들은 평소보다는 약간 긴장된 표정을 짓고 있었다.

'하긴, 오늘이 결정의 날이니까.'

두 사람에겐 오늘이 시험 당일이나 마찬가지였다. 앞으로도 카이가 계속해서 지원을 해줄지, 말지가 오늘 결정되었으니까.

"두 분 다 긴장 푸세요. 얼굴에 다 드러나시네."

"하하…… 티 났습니까? 이런 기분이 오랜만이라 그런가 봅니다. 자신은 있는데 말이죠."

멋쩍게 대답한 퓨어사장은 시선을 내려 카이의 다리 뒤에 숨은 두 명의 소녀를 바라보았다.

"그런데 그분들은⋯⋯?"

"아, 먼 친척 아이랑 그 친구입니다. 인사해야지?"

카이가 슥슥, 그녀들의 머리를 쓰다듬었다.

이에 헬릭은 살짝 뾰로통한 표정을 지으면서도 예의 바르게 허리를 꾸벅 숙였다.

"안녕하니라, 헬리자베스라고 하니라."

"칼 라샤예요."

"오오!"

퓨어사장과 스필벅스의 눈빛이 단번에 변했다. 마치 진흙 속에 파묻힌 진주⋯⋯ 아니, 그냥 대놓고 반짝거리는 다이아몬드 원석을 발견한 듯한 눈빛이었다.

"혹시 이분들은 아역 배우로 활동하실 계획 없으십니까?"

"아이돌 연습생은요? 몇 년만 더 지나면 최고의 미모를 자랑하실 것 같습니다만!"

'응, 아니에요. 몇 년 지나도 둘 다 꼬맹이일걸.'

물론 그런 속내를 밝힐 수 없는 카이는 고개를 절레절레 흔들었다.

"하하, 아쉽지만 두 분 다 그런 곳에는 관심이⋯⋯ 응?"

카이는 자신의 왼쪽 소매가 흔들리자 그쪽으로 고개를 돌렸다. 자신의 소매를 연신 당기고 있던 헬릭이 그를 올려다보며 말했다.

"나 연기 잘하는데."

"해보신 적도 없잖······."

"의사와 환자 놀이 때 그대가 잘한다고 했는데."

"그거야······."

당연히 립 서비스다. 사적인 감정을 배제하고, 헬릭의 연기력은 처참한 수준이었다.

"오오, 그럼 간단한 연기 하나만 보여주시겠습니까?"

신이 난 스필벅스가 그녀를 부추기자, 헬릭은 마지못해 받아들이는 척을 하며 기침했다.

"흠흠, 그러면 짧게 보여주겠느니라."

헬릭은 나름 진지한 표정을 짓더니, 카이를 올려다보며 연기를 시작했다.

"그대여, 나에게 줄 콜라는 어디에 있는가? 목이 마르니 지금 당장 가져오너라!"

연기가 아니잖아. 그냥 지금 목이 마른 것 같은데.

하지만 스필벅스는 다르게 받아들였나 보다.

"이, 이럴 수가. 저 나이에 이렇게 고압적인 말투를 완벽히 소화할 줄이야······."

"예?"

"영주님. 이 아이는 배우 시킵시다. 연기에 천부적인 재능을 가지고 있어요."

"그럴 리가요…… 얘 사실은 연기 진짜 못해요."

뒷말은 헬릭이 들을 수 없게끔, 귓가에 속삭였다.

당연한 말이지만 그는 이 말을 믿지 않았다.

"영주님도 방금 연기하는 것 보지 않으셨습니까. 그녀는 천재입니다."

"천재는 맞는데. 소위 말하는 천재(天才)가 아니라 천재(天災)라니까요."

다시 말하지만 헬릭은 자연 재해처럼 처참한 수준의 연기력을 지니고 있었다. 뭐라고 변명을 하려던 카이는 헬릭을 쳐다보며 손뼉을 쳤다.

"아! 그리고 머리 위에 떠 있는 광채, 저것도 너무 눈에 띄지 않습니까?"

"이거? 끄면 되느니라."

파앗.

헬릭이 머리 위에서 항상 반짝이던 광채를 끄고는 카이를 올려다봤다. '이제 됐지? 할 말 없지?'라고 말하는 듯한 표정.

"헐."

저거 마음대로 켜고 끌 수 있는 거였나.

충격을 받은 카이는 황급히 정신을 차리며 고개를 저었다.

"안 됩니다. 연기도 안 되고, 노래도 안 시킬 거예요."

"쩝. 영주님께서 그러시다면 어쩔 수 없죠."

두 사람은 아쉬움을 삼키며 시간을 확인했다.

"아, 연극은 이제 곧 시작될 겁니다."

"문제될 부분은 없죠?"

"완벽합니다."

스필벅스 감독은 극의 주연을 인어와 엘프들에게 배분했고, 기타 조연이나 엑스트라에는 평소에 알고 지내던 배우들을 대거 기용했다.

한 마디로 이 연극은 NPC와 유저들의 합작품이라는 뜻.

'기대되네.'

자신이 대충 줄기만 잡아서 건넨 연극이 어떤 식으로 완성되었을지 기대가 되기 시작했다.

두 사람에게 모든 지휘를 맡긴 카이는 아예 터치 자체를 안 했으니까.

"바로 이동하시지요."

스필벅스와 퓨어사장이 카이 일행을 3층으로 안내했다.

돔 형태의 무대는 총 세 구역으로 나뉘어 있었다.

1층에서 무대를 바라보는 일반석.

2층에서 무대를 바라보는 고급석.

마지막으로 3층에 위치한 VIP룸이었다.

VIP룸에는 확대 마법이 내장된 창이 달려 있어 오히려 1층석보다 무대를 잘 볼 수 있었다. 게다가 음향 증폭 마법이 깃

들어 있는 마법 스피커가 네 개나 설치되어 있는 상태.

"기대되느니라."

"심장이 막 콩닥콩닥거리기 시작했어요."

생애 처음으로 연극이라는 것을 실제로 보게 된 두 신들이 떨리는 심정을 고백했다.

"귀족들의 참여율은 어떻습니까?"

카이의 질문에 스필벅스가 보고서를 읽어내렸다.

"영주님이 힘을 써주신 덕분에 귀족들의 참여율이 굉장히 높습니다. 이 비싼 VIP석을 거리낌 없이 구매하더군요."

"그야 그렇겠죠. 귀족이니까."

자신들이 평소에 무시하는 모험가와 나란히 앉아서 극을 볼 수는 없는 법 아니겠는가.

"남작 67명, 자작 22명, 마지막으로 메니프 백작이라는 사람이 방문했습니다."

"많이도 왔네요."

카이가 백작으로 승작한 이후, 그의 말 한 마디 한 마디는 지대한 영향력을 발휘했다. 이번에도 마찬가지였다.

카이는 문화의 도시를 오픈하기 전부터, 꾸준히 자신의 영향력을 이용해 홍보를 해왔다.

'덕분에 첫날부터 이렇게 시끌벅적한 거겠지.'

물론 확 바뀐 하베로스가 유명무실하다면, 이곳을 방문한 사람들은 두 번 다시 재방문하지 않을 것이다.

그렇기 때문에 물었다.

"연극을 관람한 관객들이 다시 한번 이 무대를 찾아오게 만들 자신. 있으시죠?"

그 질문에 스필벅스는 진한 미소를 지으며 대꾸했다.

"말씀드렸잖습니까. 프로는 입으로 말하지 않는다고."

"……결과물로 말한다고 하셨죠."

"예. 그러니 직접 봐주십시오."

자신감을 드러낸 스필벅스 감독이 전면을 쳐다봤고, 돔을 밝게 비추던 불이 하나씩 꺼졌다.

사르르륵.

동시에 무대를 가리고 있던 두꺼운 주황색 커튼이 천천히 양옆으로 갈라졌고 제국 수도를 구현한 멋드러진 무대가 드러났다.

별 기대 없이 연극을 보러 온 영지민, 카이 백작에게 잘 보이기 위해 일부러 하베로스를 방문한 귀족, 게임에서 연극을 본다는 게 어떤 기분일지 궁금해서 방문한 유저까지.

온갖 종류의 사람이 섞여 있었지만, 그들의 시선은 하나같이 무대 위로 집중되었다.

모두의 시선이 텅 빈 무대로 향했을 때, 여성의 부드러운 목소리로 나레이션이 흘러나왔다.

옛날 옛적에, 동등한 권세를 자랑하는 두 제국이 존재했습니다. 바로 기사들의 나라인 칸 제국과, 마법사들의 나라인 곤 제국이었습니다.

그들은 이웃나라임에도 불구하고 백 년이 넘는 시간 동안 서로를 미워하고, 증오했습니다.

제국 병사들의 손에는 항상 상대국 시민들의 피가 묻어 마를 날이 없었습니다. 두 제국의 황제는 상대방의 나라를 파멸시킬 때까지 무기를 놓지 않겠다고 맹세했습니다.

"인간들은 너무 잔인하구나."

"시민들이 아주 많이 불쌍한 거예요."

"……이거 연극이에요, 연극. 허구로 만들어낸 이야기."

"앗……."

"그, 그랬었죠."

헬릭과 칼 라샤가 머쓱한 목소리로 중얼거렸다.

'다행히 몰입은 잘되나 보네.'

슬쩍 쳐다본 관객들의 반응도 두 사람과 다르지 않았다. 그들은 팝콘이나 과자 등을 향해 뻗던 손조차 멈춘 채, 무대를 쳐다봤다.

"후우, 날씨가 참 좋구나."

중세시대 귀족 영애나 입을 법한 화사한 의복을 갖춘 여인이 무대 위로 올라왔다. 그녀가 이 극에서 주인공 중 하나인 '소피아' 역을 맡고 있는 엘프였다.

뒤를 졸졸 따라다니던 시녀들이 고개를 숙이며 물었다.

"황녀님, 햇빛을 오래 받으면 피부가 상하세요. 어서 안쪽으로 드시지요."

"이 정도는 괜찮아. 오늘은 영지 시찰을 가볼 테야."

연기력은 발군이었다. 목소리는 물론이고, 걸음걸이나 손을 뻗는 사소한 행동에서조차 황족의 기품이 배어 있었다.

그녀뿐만 아니라 유저들의 연기력도 훌륭했다. 당연히 관객들이 그들의 이야기에 빠지는 것은 순식간이었다.

'음, 재미있네.'

카이도 그중 한 사람이었다.

극의 전개 속도는 관객이 지루할 틈 없이 빠르게 진행되었다. 칸 제국의 황자와 곤 제국의 황녀는 이웃 왕국에 놀러 가게 된다. 그곳에서 두 사람은 수행원들을 몰래 따돌린 채, 신분을 숨기고 서민들의 삶을 체험한다.

사과를 구매하다가 운명적으로 만나게 된 두 사람은 서로에게 첫눈에 반하게 된다.

매일 밤, 광장에서 몰래 만나기로 약속을 한 두 사람은 빠른 속도로 가까워지고…….

하지만 운명은 그들의 편이 아니었다.

"피아, 나와 함께 갑시다. 사실 난…… 농부가 아니라 칸 제국의 황자요."

"그, 그런…… 그런 말도 안 되는!"

서로가 적대국의 황족임을 알게 된 사람은 처음에는 배신감을 느끼지만.

"아아, 그럼에도 불구하고 저는 당신을 잊지 못하겠어요!"

"피아…… 아니, 소피아! 내 마음도 그대와 마찬가지요."

"줄리오!"

두 사람은 금단의 사랑을 택하게 되고, 밝고 활기찬 노래가 깔리며 그들의 미래를 축복하는 듯했다. 하지만 그것도 잠시, 노래의 분위기가 축축 처지기 시작하더니.

결국 두 사람의 밀회는 두 황제까지 알게 되고 당연히 제국에서는 추격대가 출발하여 두 사람의 뒤를 쫓았다.

"이제 더 이상 시간이 없소."

"저는 당신을 포기하고 싶지 않아요."

"그럼 태양신의 축복 아래에서 나와 결혼해 주겠소?"

"……좋아요."

시골의 조그마한 태양교 신전, 늙은 신관만이 유일한 하객인 그곳에서 두 사람은 결혼을 하게 된다.

"나의 금발이 하얗게 새는 날까지 그대를 사랑하겠소."

"저의 심장이 더 이상 뛰지 않는 그 순간까지 당신을 사랑하겠어요."

그들은 미소를 피웠지만, 관객들은 시시각각 다가오는 추격대들 때문에 연신 가슴을 졸였다. 이후로 며칠 동안 밤낮없이 도망을 치던 두 사람은 갈림길에서 잠시 헤어지게 된다.

"이틀 뒤, 늙은 느티리 나무의 그늘 아래에서 만납시다."

"무슨 일이 있어도 제시간에 도착할게요."

새끼손가락을 걸고, 키스를 나누며 약속한 두 사람은 험난한 여정을 펼치게 된다. 자신들을 속이는 추격대를 따돌리고, 때로는 전투를 치르며. 때로는 자신과 연이 닿아 있는 부하에게 인정을 구걸하며 겨우 위기에서 벗어난다.

결국 늙은 느티리 나무에 먼저 도착한 것은 소피아였다.

"하아, 하아…… 줄리오는?"

주변을 둘러보지만 그의 모습은 보이지 않는다. 엎친 데 덮친 격으로, 그녀는 아직 추격대를 뿌리치지 못한 상태였다.

'황궁 마법사들은 생명을 탐지하는 마법을 펼칠 수 있어.'

이곳에서 줄리오를 기다리다가는 꼼짝없이 잡힐 수밖에 없는 상황. 결국 소피아는 자신의 마법 실력을 발휘해, 24시간 동안 가사 상태에 빠지는 주문을 자신에게 걸게 된다.

"흐허엉어헝흐엉."

"흐아앙항아앙."

카이는 펑펑 울음을 터뜨리는 두 소녀를 말없이 바라봤다. 말은 안 했지만 그도 제법 감동을 받은 상태였다.

'로미오와 줄리엣, 과연 세계적인 희극, 명작이네.'

때로는 유쾌하게, 때로는 처절하게, 그리고 때로는…… 가슴이 시리도록 슬프게.

〈소피아와 줄리오〉가 선사한 여운은 극이 끝나고 배우들이 무대에 모두 올라 인사를 마친 그 순간까지 가시지 않았다.

짝짝짝짝짝!

돔을 거대한 박수 소리가 뒤덮었다.

하지만 우레와 같은 함성 소리는 새어 나오지 않았다.

연극이 형편없었기 때문에?

절대 아니었다.

"……"

"흐읍."

"크흡! 눈에 무슨 먼지가……."

모두가 자신들의 감정을 추스르느라 입을 열 만한 상황이 안 되었기 때문이다. 소리를 뱉는 순간 눈에서 땀이 비 오듯 쏟아질 것 같았기에, 함부로 입을 열 수 없었다.

짝짝짝짝짝!

하지만 그들이 선물해 주는 박수는 배우들의 귀에, 눈에, 그리고 가슴에 똑똑히 새겨졌다.

"어떠셨습니까? 영주님."

스필벅스의 말에 카이는 스윽, 눈가를 훔치며 고개를 끄덕였다.

"솔직히 감동적입니다. 로미오와 줄리엣은 수많은 많은 사람들이 접한 이야기입니다. 때문에 제법 흔한 스토리일 수밖에 없는데 이렇게 훌륭히 잘 살리시다니. 감독님의 명성이 헛되지는 않았다는 것을 깨달았습니다."

"하하하. 과찬이십니다. 두 숙녀분들은 어떠셨습니까?"

"끄윽…… 끕!"

"히익, 흐윽."

눈가에서 굵은 물방울만 뚝뚝 흘려대는 두 소녀를 바라본 스필벅스가 머리를 긁적였다.

"가, 감동을 많이 받으셨나 봅니다."

"둘 다 재미있게 본 것 같습니다. 좋은 극을 제작하신다고 수고가 많으셨습니다."

"영주님의 지원이 없었다면 불가능했을 것입니다."

똑똑.

VIP룸의 문을 누군가가 두드렸고, 시종이 들어왔다.

"영주님. 메디프 백작과 기타 귀족들이 영주님을 뵙고자 합니다. 게다가 스필벅스 감독님도 꼭 만나보고 싶다는 요청이 쇄도하고 있습니다."

"귀족들에게도 잘 먹히는 것 같네요."

카이가 빙그레 미소를 짓자, 스필벅스 감독이 환한 안색으로 말했다.

"뒤풀이도 준비해 놨습니다. 참석하셔서 귀족분들과 함께 담소를 나누시지요."

"아…… 그럼 잠시만요."

이동을 하게 된 카이는 울고 있는 목소리를 낮추며 두 소녀를 달랬다.

"헬릭 님, 라샤 님. 이제 그만 뚝."

"끄으윽, 그치마안…… 그치마아안…… 줄리오가…… 흐어엉!"

"소피아도…… 너무…… 너무 불쌍해요오욧! 끄아앙!"

"으음."

아무래도 눈앞의 귀여운 신들이 받아들이기에는 꽤나 자극적인 이야기였던 모양.

그러나 자신을 기다리고 있는 사람들을 마냥 기다리게 할 수는 없는 법이었다.

"하지만 저희는 이제 이동해야 해요. 그럼 천계까지 모셔다

드릴까요?"

카이의 물음에 헬릭과 라샤가 동시에 고개를 흔들었다.

"끄윽…… 먼저…… 먼저 가거라."

헬릭이 휘휘 손을 저으며 소매로 제 눈을 부볐다.

"제가 어떻게 두 분을 놓고 가요?"

"진정되면…… 우리끼리 구경을 하면 되느니라."

"크흥. 저희가 보기에는 아이처럼 보여도, 진짜 어린 아이는 아닌 거예요."

조금씩 진정한 두 신은 카이가 자신들을 애 취급하는 게 불만인지 입을 삐쭉 내밀었다.

물론 평소였다면 귀엽다 못해 사랑스럽겠지만, 눈이 퉁퉁 불어 있는 지금은 솔직히 좀 웃기다.

"푸흡. 큭…… 그럼 저 진짜 다녀와도 돼요?"

"다녀와도 괜찮다고 했지 않느냐. 무슨 일이 생기면 부르겠느니라."

"예, 그럼 다녀오겠습니다."

그녀들이 아이 취급받는 걸 싫어한다는 것을 알고 있는 카이는 흔쾌히 고개를 끄덕였다.

"두 분 절대 길 잃어버리지 마시고, 위험한 사람 따라가면 안 돼요."

"응. 알겠느니라."

"명심하는 거예요."

카이는 서로의 손을 꼬옥 잡고 도시를 구경가러 떠나는 두 소녀를 쳐다보며 블리자드를 소환했다.

"예, 마스터."

"두 분에 대한 엄호를 부탁해."

"수위는 어느 정도로 하면 되겠습니까?"

"위험에 처하면 그때 나서서 지켜 드려. 몰래 경호원 붙였다는 거 알면 싫어하시니까 웬만하면 모습 드러내지 말고."

"예, 그럼 조용히 경호하겠습니다."

꾸벅 고개를 숙인 블리자드는 회색 로브를 제 몸 위에 덮어 번쩍거리는 갑옷을 가렸다.

To Be Continued

Wish Books
밥만 먹고 레벨업
박민규 게임 판타지 장편소설
WISHBOOKS GAME FANTASY STORY
바사삭, 치킨. 새벽 1시에 먹는 라면!
그런데 먹기만 해도 생명이 위험하다고?
가상현실게임 아테네.
먹고 싶은 음식을 먹을 수 있는 유일한 방법!
[식신의 진가가 발동됩니다.]
[힘 1, 체력 1을 획득합니다.]
「밥만 먹고 레벨업」
"천년설삼으로 삼계탕 국물 내는 놈이 세상에 어디 있냐!"
"여기."